午後咖啡

六色羽、葉櫻、語雨　合著

天空數位圖書出版

目錄

午後咖啡

4-1

文：六色羽

山中咖啡屋

「妳真的不點杯咖啡？這裡的咖啡，香醇濃郁，喝一口絕對讓妳終身難忘。」

家琪輕輕笑說：「難道你不知道，午後喝的咖啡，會帶有後悔的風險嗎？」

「什麼後悔的風險？」

「換來輾轉反側的艱熬一晚...」

他嘴角蕩出一抹迷人好看的微笑。對她來說，他就是她午後的咖啡，又眷又戀，不該喝，卻又抵擋不了誘人的香味。

「我們這樣算外遇嗎？」

李子彥啜著咖啡，琢磨著她的問題。

「不算，我們只是朋友。」他放下咖啡杯，莞爾笑道：「我們沒上過床，哪來的外遇？」

家琪望著他，兩人十多年來的關係被他淡淡的說成只是朋友，她卻泰然置之，眼底也沒有多餘的波濤

翻湧，看得李子彥有點兒扎心，更有些意外她鎮定的反應。

東片的山巒驟然飄來綿綿的細雨，雨珠叮叮咚咚沿著屋瓦落下，在湍急的溝渠裡敲起樂章，她盯著雨景，細長柔和的柳眉稍稍皺起。

他不想問她，是不是又想起『那個家』？他不想破壞此時森山美景，濛濛的霧如她隱瞞的沈重情緒，即使在這濃郁的咖啡香瀰漫的午後，即使有他陪在她身旁，卻依然化不開她心底的重重迷惘。

「要不要到外面的雨中散個步？」

「淋濕了怎麼辦？」她雖然遲疑，但看向窗外的眼神卻添增了些興趣。「你怎麼還像年輕時那樣衝動，才說想要上山就真的直接衝上來了！」

「不知是誰害我失去理智的？平常的我，在手術房可正經八百的很。」他賊賊的瞟了她一眼，她嘴角揚起羞紅的微笑，但轉瞬間，那抹笑，又被迷霧給煙沒於山林裡。

不待她說好，李子彥已拉起她的手，她愣愣的不得不跟著他站起，往咖啡館外走去。山幕一股腦罩來，

清新的空氣帶著有些冰冷的雨，他撐著傘摟住她的肩，齊步踏在石子小徑上，石子發出咔咔咔的蹚撞聲。

石子清脆的聲響，像幸福的響鈴。

一棟歐式古堡的民宿，驀地佇立在前方轉角的山腰上，民宿下方是花崗岩石圍成的基台，上方有根聳立天際的煙囪，煙囪的最上端別著星型的燈，在細雨中矇矓的發著微光。

「星辰渡假山莊...」

「好美...」家琪完全被眼前莊嚴華麗的民宿城堡給吸引！負氣離家出走的煩惱，暫時被她給拋到九霄雲外去了。

李子彥腳步定在山莊下，遲遲不肯移開，許久才說：「想住下來嗎？今晚？」

「你...是認真的嗎？」

「當然是認真的...」

握住他的手突然緊了起來：「你知道那是不可能的。」

　　他低頭看她，才發現她已經淚流滿面，靠在他寬闊懷裡的身體也微微的發顫，不捨再次於他心底醞釀，指尖輕撫她的手心想讓她鎮定，但她的手，卻粗糙的磨著他厚實的大手，他終於按捺不住憤怒，抓住她的肩說。

　　「別再為他流淚了，別再回去了，他家財萬貫明明可以請看護照顧他，為何非要這麼折磨妳？妳看妳的手，都做到裂開流血，他心疼過嗎？他們一家人冷眼看著妳累死嗎？」

　　「別再說了，子彥，我是他們蕭家的媳婦，他生了重病，當然就該由他的妻子扛起照顧的責任，這本來就是天經地義的事不是嗎？是我自己吃不了苦...還丟下他，獨自跑到這山林裡晃蕩。」

　　「妳就是這樣，這麼多年來，什麼委曲都獨自往肚子裏吞忍了下來，妳越不離開，他越剝削妳讓妳逃也逃不了，連勞工都有週休二日好嗎？」

　　家琪別過臉，不敢直視他囁嚅的說：「我又不是他家的傭人，提什麼週休？」

「我看妳連傭人還歹命。沒有人能獨自長期照顧重症病患，都沒人替換怎麼受得了？連我這專業醫師都不可能辦得到，妳以為妳是女超人嗎？」

家琪咬著下唇一味的只是沈默。

「他的兒女呢？妻子要扛起照顧丈夫的責任的確無可厚非，但子女們也更應該扛起大部份的責任才對吧？」

「他們都在國外工作，偶爾會回家探望他。」

「偶爾會回家探望？真是輕鬆！妳到底要為那個家付出多少？妳的人生呢？妳『自己』在哪裡？」他知道家家有本難唸的經、他知道他不該多管閒事，但他就是無法放任她再回去。

兩人陷入一片的靜默，只有淅瀝瀝的雨聲和沈重的呼吸。

「離婚吧...」

家琪瞠大了眼，抬頭看向李子彥，他認真嚴肅的又說了一次：「既然是因為妻子的身份所以逃脫不了責

任，那就和沒感情的蕭元旭離婚吧，我們搬到這山林裡，我行醫養活妳不成問題。」

這是他第一次對她提出那樣的提議，到剛剛為止，她都一直以為他真的只當她是個能夠談心的老朋友而已。

不知是不是雨的關係，她身子抖得更加厲害，手爪有些激動的抓皺了他的襯衫，迷濛的淚眼，讓他忍不住的提起她的臉吻了她。

十幾年來不斷和他恪守的原則，要跨越了嗎？

旋渦在她腦海中打轉得分不清東南西北，每次他的氣息一接近，她就只能投降在這溫暖的安全感中，但婚姻的束縛、對於蕭元旭的忠誠，卻又狠狠的把她拋甩出對李子彥眷戀的風暴之外，面對自己在現實中的身分。

她推開了他：「子彥…我必需回去…」

他不發一語望向天際，他生氣了，每次只要他生氣時，就是保持著沈默。

「我知道你不會明白我為何非回去不可...你身為一個男人，又自由自在無牽無掛，怎麼會懂？」

「我也曾經是她人的丈夫...」他落寞的低下頭說，家琪戛然噤聲，覺得自己不該戳中了他的痛處。

許久，她才說：「當年的你，也沒有拋棄你病重的妻子，陪她走到最後不是嗎？對不起...我...」

她欲言又止，轉身走進雨裡，似乎想不顧一切的就那樣又衝回她為人妻子媳婦母親的責任中。她不能再跟著他往前走一步，再繼續往前走，她絕對會跨越她堅持了那麼多年的界線。

她不想對不起她的丈夫、對不起她的兒女，也惹不起丈夫強勢的佔有慾和權力。

李子彥追向她，抓住她的手，兩人四目相對，李子彥最後萬般不願意的說：「我載妳回去吧。」

事情最後還是如往常那般收場，兩人只能短暫的相聚，然後又得難分難捨的分開，各自去過各自的生活。既然相愛，為何不能在一起？

• •

家族批鬥

進入家門的那一刻，壓力如垮下來的天！

大姑小姑、大伯小叔、兒子和女兒們聽聞她離家出走，家族成員一齊坐在客廳開懲戒大會，當她這罪人一進門，投向她的責難目光，排山倒海的幾乎要把她給碎屍萬段。

「家琪，妳也別這樣，把我病重的弟弟丟在一邊，自己跑去哪玩？妳這樣對嗎？」大伯幾乎對她怒吼。

小姑提高八度音罵道：「把我哥一個人丟在病床上，我看妳根本是想謀財害命，巴不得他快點死，妳好拿家產是嗎？」

「家裡還有小叔和吳嫂在，怎麼能說丟他一個人？」家琪終於開口為自己短暫逃離這個家作辯解，她試著鎮定自己不急不徐的說，眼神瞟向坐在蕭家人中的兒子和女兒，他們低著眼，臉色消沈無比，不想看她這母親，似乎也在責備她失職。

「把自己生病的丈夫丟著不管，妳就是不對，還想狡辯嗎？」

「我哥待妳也不薄，供妳吃供妳穿了一輩子從沒讓妳出去拋頭露面工作吃苦，為何要這樣無情無義的對他？他現在正需要妳。」

「該不會是跑去和男人約會吧？」

「若是讓我們知道妳瞞著我哥在外面有男人，我絕對讓妳吃不完兜著走。」小叔的瞳仁兇狠的擴張，再加上威脅的口吻，更是讓家琪的心發凜，但沒有半個人為她說話，連她的兒女也如陪審團般，只是默默的坐著，冷眼看著她受盡家族的數落。

她只是低頭，數著掌心因為整日搬動丈夫沈重身子產生的裂痕，血痕密密麻麻的交錯其中，那痛，也不比現在正接受千刀萬剮的心痛。

腦子瞬間一片嗡嗡作響，七嘴八舌爭先責難她的聲音，她已經聽不見，目光停在女兒身上，和李子彥第一次相遇的場景，悄悄的闖入她腦海...

「是女兒，她的手和腳在這裡，肚子在這裡...」李子彥眼裏竟泛著一抹莫名的喜悅，向家琪介紹著超音波照出寶寶的動態畫面，好像他是孩子的父親，那是他期待已久的新生命。

　　家琪竟盯著他笑容匯集在臉頰上的酒窩出神，輕輕的微笑，就能漾出那麼好看迷人的風采。

　　「蕭太太...」

　　家琪回神看向叫喚她的護士，護士面帶微笑又說了一次：「可以下床了。」

　　家琪臉一紅，尷尬的連忙下床，護士幫她拉好衣服。

　　「剛剛說妳的頭會暈，對吧？」

　　「嗯...」家琪對李子彥醫生點頭。

午後
咖啡

午後咖啡

4-2

文：六色羽

產檢

「通常懷孕後，新陳代謝會提升，血中胰島素偏高，因此媽咪血糖容易偏低，尤其是空腹時血糖會更低，如果媽咪比平時吃的還要少，就會容易血糖過低，導致頭暈、手抖、想吐等症狀。」

家琪點頭表示明白。

「媽咪需要特別注意三餐營養，盡量避免空腹，即便當下沒有胃口，也要稍微進食避免血糖降低，平時可以隨時攜帶些小零嘴以及水果，適時補充血糖。妳有家人陪妳來嗎？」李子彥最後天外飛來這筆問題。

家琪有些尷尬的搖頭，笑道：「我自己開車來的。」

說完她不自主嘆了一口氣，這第二胎自懷孕以來，蕭元旭從來也沒陪她到醫院產檢過，回家後，也從不會向她過問女兒的情況。

她子宮裡還有一顆八公分的肌瘤正伴著孩子長大，為此，她一直尋獲不著讓她信得過的醫生替她接生，她不想再像第一胎生兒子那樣，產後大出血，簡直是在鬼門關前走了一遭才回來。

　　第一胎，蕭元旭把她捧在掌心裏關心胎兒的一舉一動，誰知才第二胎而已，他大概是失去了初為人父的新鮮感，居然就不再聞問。

　　有時候，她真的覺得腹中這孩子與蕭元旭無關。

　　聽她說自己開車來，一抹遺憾的情緒，在李子彥俊俏的臉上一閃而過。他低著頭邊寫診斷邊說：「若是頭暈的情況持續，要記得由家人陪同回診，最好不要自己開車或騎車來，很危險。那顆肌瘤目前看來似乎沒對胎兒產生什麼影響，但仍要持續觀察不能大意。」

　　他最後抬頭給她的那抹微笑，不由得讓她妊娠後徬徨不定的心，靜了下來。起身正打算離開時，李子彥竟又天外飛來一筆的說：「妳就安心的在我這兒把女兒生下來，我一定保證妳們母女平安。」

　　她回到家，心都還是暖的，直到吳嫂告訴她，蕭元旭今晚又不會回家過夜，身子一空，撫著隆起已八個月大的肚子，楞楞地坐在房裡看著天邊彩霞鋪天蓋地的暈染大地，直到路燈都亮起。

　　街上有個小女孩向她母親跑去，母女倆手牽著手，路燈把她們依偎的影子拉得又長又遠。

　　她沒有娘家可以依靠，媽媽在她很小的時候就病逝了，經商的爸爸沒過多久就另外娶了個後母回家。後母打從進門那一刻起，就沒把她當家人，雖不會打她，但她的童年，全籠罩在後母的冷嘲熱諷言語暴力之下，父親會在她們背後不發一語的冷漠走過，好像她不是他的女兒。

　　為了早點離開那個家，她大學一畢業就嫁給了對她猛烈追求的富二代蕭元旭。他對她許下海誓山盟，說一輩子都會愛著她呵護著她，她看著他那深切誠懇的眼神，便不顧一切的相信了，就跟著他一頭栽入萬劫不復的豪門婚姻。

　　這就是愛情！

　　愛情使我們自以為可以改變命運，即使隱約明白往後會遭受什麼樣的困難，還是天真的認為只要兩個人在一起，就能克服所有困境。

　　她想醒來重頭來過，但醒後，依然重複做著同樣的夢。

‥

人生一夜

夜晚，一道刺耳的尖叫聲劃破寧靜的夜。

吳嫂衝進家琪的房間，驚恐問道：「太太妳怎麼了？」

「肚子好痛——吳嫂，我好像快生了——」

「好，我馬上幫妳叫救護車，妳忍著點。」

「先生呢？他回來了嗎？」

吳嫂眼神不定的回：「沒...他還沒有回來...」眼角餘光驚恐的瞄了一眼太太身下鮮紅色的血，連忙轉身去打電話。

又一陣震痛，痛得家琪幾乎要昏厥而去，強忍著痛楚看向牆上的鐘，凌晨三點半，蕭元旭還是沒有回家嗎？他到底都在外面忙什麼，為什麼都不肯回家陪她和兒子？

「吳嫂...吳嫂...」

聽到太太的叫聲，在外面準備去醫院的吳嫂，匆忙的又跑回房。

「記得打給先生，要他到李子彥婦產科，傳地址給他。」

「他不知道地址？妳不是都去那裡產檢的嗎？」

家琪只是靜默的瞪大眼瞪著天花板，吳嫂立刻明白的噤了聲。

「小凱怎麼辦？」家琪臉皺了起來，隱約感到一陣噁心，她連忙深呼吸。

「我會請小叔幫忙照...」

吳嫂話還未說完，家琪就覺得一陣昏天暗地的作噁，吐了一地，吳嫂簡直楞住！

吳嫂像個無頭蒼蠅開始亂了手腳，不知道該先做哪一件事才好？猶豫了一下還是決定先把手邊的電話給打出去叫救護車再說，但自太太房裡又傳來陣痛哀嚎聲，吳嫂已無暇顧及，奔向小叔房敲門求救。

「三更半夜到底在吵什麼吵蛤？」

小叔的脾氣不但古怪而且比犀牛還要暴躁。

　　「太太快生了，請你幫忙看一下小凱，我們現在要去醫院待產。」吳嫂從來也沒對那成天窩在房裏好吃懶做的二少爺給過什麼尊稱。

　　一片死寂，沒有任何回應自門裏傳來。

　　吳嫂幾乎將耳朵貼在房門上，裏面隱約傳來槍戰的廝殺聲，怒火直接衝向她的腦門，吼道：「你到底有沒有聽到我跟你說的話蛤？」

　　門驀地被小叔打了開來，吳嫂被迎面而來的殺氣給嚇得向後退了一步，他瞠目指著吳嫂的鼻子大吼：「妳到底是有什麼問題？」

　　向來不溫不火的吳嫂也被惹怒，大聲回嗆：「你才有什麼問題？都告訴你，你嫂嫂快生了，幫忙顧一下小凱是聽不懂嗎？」

　　「又不是我生的孩子我幹嘛要顧？」

　　「因為小凱是你姪子，你就非顧不可。成天像個廢物只會吃喝拉撒睡打電動，殭屍嗎？」

　　小叔不敢置信的看著眼前的下人，居然敢用教訓的口吻罵他廢物、又罵他殭屍！這是自他父母死後，沒人敢這麼對他說過的話！

外面的對罵聲，全聽在房裡的家琪耳裏，眼淚自她的臉頰滑落，心裡對吳嫂充滿感謝，但還是很不放心將兒子交給完全沒有責任感的小叔。

她忍耐著陣痛，播給她事先找好的媬姆，拜託她盡快過來照顧落單的小凱。

小叔不甘心的還想反駁吳嫂時，救護車已經來了，他一見到醫護人員蜂湧進門，就慌張的甩上門，再次把自己關回房裡。

吳嫂無奈，只得先留下來等媬姆，讓家琪一個人先到醫院。

救護車疾馳到醫院的路上，顛簸讓家琪更是感到痛不欲生，她又在車上狂吐了幾次，闃黑的夜讓她更加惶恐無助，好像這個世界是個黑洞，根本沒有人在乎她和肚子裏的孩子死活。

車子終於停了下來，門被打開的瞬間，就見李子彥一頭亂髮、滿臉惺忪的已立在婦產科門前等她，在他握住她手的剎那，他掌心的溫暖，再次將她拉回人間。

「她這樣痛多久了？」李子彥打電話問吳嫂，吳嫂說了所有狀況後，醫生對護士說：「先幫她測胎音。」

李子彥再問吳嫂：「有聯絡她的丈夫了嗎？她的狀況可能是胎盤剝離，若是胎兒的心跳低於每分鐘 120 以下，就要緊急剖腹產，擔擱的話胎兒會保不住。」

吳嫂臉色一沈，掛了醫生的電話後又播了好幾通電話給蕭元旭，但他的電話始終未開機，她至始至終都聯絡不到人，老婆的肚子都日益變大，做丈夫的卻夜夜不歸，她不禁為家琪感到悲哀，但她只是個外人，從來也不敢貧嘴砸了自己的飯碗。

「李醫生，我的寶寶留得住嗎？你答應要幫我留住她，一定要留住寶寶...」

「妳別激動，那樣會測不出寶寶的胎心音...」但李子彥的話音未落，她又狂吐了起來，驚得護士連忙拿垃圾桶給她也來不及，吐完陣痛繼續緊接而來，她再次痛得哀嚎了起來。

狀況每況愈下，李子彥握住她的手，才發現她的手冰冷得發抖，他轉身又看向護士詢問：「聯絡上她的家人了嗎？」

護士眉心緊皺的搖頭，家琪眼角餘光看到他們的對話，得知丈夫一直都不接電話，終於崩潰的聲嘶力竭哭喊：「蕭元旭——你在哪裏？你到底在哪裏？為什麼從來都不肯關心一下你肚子裏的女兒？我究竟做錯了什麼？」

她的指尖，痛得幾乎掐進了李子彥的肉裏，李子彥咬緊牙關忍受著，但他忍受著的，是她身與心都在備受煎熬的折磨，他有種不明所以的不忍，得在她失去意識前做出決定才行。

「家琪妳聽我說...」這是他第一次直呼她的名字：「胎兒的心跳變緩，這可能是胎盤剝離，我得幫妳做緊急剖腹。」

她臉色發白、上下牙都在打顫，一陣又一陣的痛還是沒放過她，她又慌又亂的好徬徨，她是不是保不住孩子了？

李子彥握住她騰空亂抓的爪子：「家琪，我不會放棄妳和寶寶的，妳也不能放棄。」

那句鼓勵把她自空中抓了回來，她定定的望著李子彥點頭，護士遞給她手術同意書，她提起筆自己承擔下所有的責任。

午後咖啡

4-3

文：六色羽

等得到你嗎？

　　孩子被順利的接生下來，母女平安後，家琪才終於接到丈夫蕭元旭打來的電話。

　　「女兒還好嗎？」他問。

　　家琪的心涼了太半，拼死替他賣命生下一個女兒，但他始終在乎的也只是他自己的骨肉。

　　「她好不好，你可以自己來醫院看看她…」家琪口氣冷到底。

　　「等我把手邊這個併購案處理好，立刻回去看她。」

　　她她她…全是女兒，那麼我呢？

　　他話只說於此便陷入了沈默，家琪等了半天就再也等不到他任何一句話，她氣得把電話給掛了，眼淚終於很不爭氣的潸然滑落。

　　咬著手指，眼神空洞的飄向窗外，下面有一對坐月子的夫妻在公園裡散步，推著推車的爸爸，怕太太

坐月子期間曬出黑斑，甜蜜的替她把遮陽的帽子戴好，才有說有笑的繼續將寶寶推入陽光下。

家琪不自覺得嘴角展露羨慕的微笑，電話又再次響了起來，她詫異的看著來電顯示，竟又是蕭元旭！不安一股腦湧上。

「妳為什麼要掛我電話？」

原來這大總裁拉不下被老婆掛電話的臉，打來興師問罪。

「就無話可說了不掛掉要幹嘛？」

「我可是百忙中才得以抽空打給妳！」

「是嗎？那我不就應該要向你五體投地的叩首、謝主隆恩？」

「妳那種態度是怎樣？我虧欠了妳什麼嗎？月子中心也是幫妳找最頂級的讓妳享受…」

「我差點死在手術台上，你知道嗎？那時候你人在哪裏？在哪裏？我在享受什麼？我是在享受還是在療傷？」

蕭元旭被她歇斯底里的怒吼聲給嚇到，她從沒對他這樣發脾氣！

「琪...我明白妳剛生完孩子有產後憂鬱症，等我這邊忙完...」

又是等他忙完...又是那個論調，她永遠都在等他，她永遠都是他最不重要、最不急著見面的那個人。

「若是沒什麼事我要休息了！」

她又再次截斷他的話還掛了他的電話。

她曾經視他為全世界，為了他，她放棄了夢想，只為了能成就他的夢想並和他白頭偕老。但孩子相繼出世後，她卻覺得和他越行越遠，遠到她幾乎都快忘了他的長相、她當初眷戀的輪廓是怎樣？

蕭元旭也氣得咬牙切齒，這個女人居然敢斷他兩次電話？她究竟是吃了什麼熊心豹子膽，以為再幫他生了個女兒，就能騎到他的頭上了嗎？

她不知道他是不是還愛著她？但她可以肯定的是...他在外面有別的女人。

　　整個下午，家琪都在沮喪中迴盪。她環視整個 VIP 套房裡應有盡有的奢華配備，但她卻只能享受那些昂貴下的孤單。

　　一陣敲門聲，護士隨之說：「李醫師查房…」

　　不待她回應，李子彥已領著護士走了進來，神采奕奕的站在她身旁，噴了一聲：「護士說妳早上又吐了是嗎？下午氣色變得更差了。」

　　家琪垂下眼點頭。

　　李子彥瞄了一眼放在桌上剛送來的午餐，她似乎連一口都沒有吃。

　　「生產已經讓妳失了很多血，妳再這麼不吃，怎麼有奶水？」

　　「對啊，李醫生還特地幫妳加訂份量，他說要把妳養得肥肥胖胖的再放妳出院。」護士俏皮的插話。

　　「小孩子有耳無嘴…」李子彥白了護士一眼，護士只是賊賊的奸笑。

31

　　其實他以為她丈夫應該會來陪她，卻沒想到老婆在鬼門關走了一圈，好不容易把孩子替他生了下來，那個產檢時也未曾出現過的丈夫，依然沒有現身。

　　家琪覺得愧疚的縮縮頸子，為難的說：「我到現在看到食物都還會想孕吐的感覺。」

　　「那不是孕吐。」李子彥嚴肅道：「那是因為分娩後，體內各種為了妊娠激增的激素突然迅速撤退，如黃體酮和雌激素，導致腦內和內分泌組織的兒茶酚胺減少，從而影響腦部活動，若再加上經濟、家庭、感情不睦等現實因素影響，就成了產後憂鬱症…」

　　感情不睦…家琪的臉瞬間沈了下去。

　　偌大的房間，突然傳來一陣咕嚕咕嚕的聲響

　　「李醫生是你肚子嗎？」護士奇怪的看向李子彥。

　　他臉騰得發紅，大笑道：「幹嘛問得那麼直接！不好意思，中午忙到現在都還沒吃，肚子在打鼓了。」

　　他突然靈光一閃，把放在沙發茶几上的午餐全部拿到微波爐微波了起來，兩人奇怪的看著他。

　　「李醫生你在幹嘛？」護士問。

「要不要和蕭太太一起來吃個下午茶？」

「蛤？你想要把人家的月子餐給當下午茶？」

「嗯，大家一起吃比較好吃，反正我們也差不多要換班了，蕭太太，妳介意嗎？」

家琪先是一楞，然後才說：「呵呵...不會...」

家琪被李醫生的親和力給感染，原本死氣沈沈的 VIP 房，瞬間有了活力，護士也恍然明白了他的用意。

午餐再次被李子彥端到家琪的面前，護士舀了一碗雞湯遞給家琪，家琪說了聲謝謝後，雞湯的香味總算讓她有了飢餓的感覺，她有些迫不及待的喝了一口，但湯卻卡在喉頭許久才吞了下去，李子彥和護士都鬆了一口氣，兩人也配合的吃起東西。

一聲劇烈的作噁霍地響起，家琪再次狂吐了起來，護士連忙拿臉盆遞接，剛剛她好不容喝下的幾口雞，連同膽汁都一起給吐了出來。

．．

婚戒

一股美味把昏睡了整整一天的家琪給叫醒，她十分勉強的撐起身子，就看到李子彥坐在前方的沙發上，就著茶几用電磁爐，在炒菜！

「醒啦？」

「李醫生，你在做什麼？」

「我用熱油燒香菇，然後將豆腐用文火煎至呈金黃色，再把料酒香菇烹入，最後用旺火收汁、勾芡，這道清爽可口的香菇豆腐，包妳喜歡。」

家琪很不好意思的說：「李醫生，你何必這樣？況且我有訂餐了…」

「我把妳的晚餐給退掉了，以後我做晚餐給妳吃，那些菜也許是妳吃膩了才會吃不下。」

看她坐月子坐了快一個禮拜，除了一個女性朋友來找她幾次，就再也無人過問，她身份證後父母欄位也都標註"已歿"，李子彥斷定她在世上已無其他親人了吧？

「李醫生...」家琪咬起下唇，為難的說:「你這麼做，讓我真的很不好意思...」

「有啥好不好意思的？反正我也都是一個人吃飯，快試試看。」他把煮好的豆腐遞給她，她瞧了瞧豆腐又看看他。

「放心，這個世界上，不會只有妳一個人而已，即使不是親人，還是有人關心著妳，況且妳還有兩個孩子等著妳回家，妳忘了嗎？」

孩子們，她怎麼把他們忘了？忘了他們正等著她這個母親回家。

半個月了，他還是沒到醫院探望她們母女一眼，連一眼的時間他都不肯割捨，她們究竟在他心裏算什麼？她就那麼不斷在自責的泥沼中掙扎，覺得自己是個毫無價值的人。

蕭元旭無視這段婚姻後，她就把自己扔在空虛的黑洞裡，一直不想走出來面對因為生產變形變醜的自己。她是不是，再也無法讓蕭元旭回頭了？她一直期待的美滿家庭再也回不去了嗎？

　　眼淚倏地掉了下來，她把淚和著豆腐一起給吞下肚，李子彥也屏息的看著她，這可是他拿手的防憂鬱症食譜。

　　豆腐的清爽搭配著香菇的清香，居然沒有會跟著入口食物後湧上的噁心感！

　　家琪慢慢的一口接著一口，抬頭對李子彥微笑：「謝謝你醫生，真的很好吃。」

　　李子彥滿意的也大口跟著吃了起來。

　　從此，家琪的房間總是飄著李子彥的炒菜香，為了讓她能夠順利進食，他絞盡腦汁找食譜，但最主要的是陪伴，李子彥幽默風趣的健談，讓家琪慢慢開朗起來，不再讓孤單吞噬她。

　　只是李子彥每晚最多都只待到八點，時間快接近時，他總是匆忙的離開了。某晚，就在李子彥起身準備回家時，自他的醫袍口袋，掉出了一道清脆的鏗鏘聲，兩人都定睛的看著滾落於地的金屬，在地上旋轉了好幾圈後，終於安分的躺平。

　　是一枚戒指！

是婚戒嗎？

家琪的心震了一下，李子彥連忙彎腰把它撿了起來，若無其事的對家琪說：「那麼，我走了。」

「李醫生...」

李子彥疑惑的轉身看著她。

「你不會...」她臉色暗沈：「不會是瞞著醫師娘每天都在這兒做晚餐，給另一個女人吃吧？」

她突然覺得自己好自私，居然只顧著自己的喜樂，而霸佔了另一個女人的丈夫，她根本就犯了搶走她老公小三一模一樣的錯誤！

李子彥撇開她的視線說：「我是做給我的病人吃，她不會在意的。」

做給病人吃！

原來，他把她當病人看待！

她也不過就是他的責任而已！她怎麼會那麼天真的以為他真的是關心她、真的有人關心她的死活？

如果她的病好了之後，他們是不是就沒有任何關係了？

而且...他故意把婚戒藏在口袋，沒有戴起來，為什麼？

家琪身子縮了起來，蜷曲在床上。

李子彥長眉一蹙，感覺自己是不是說錯了什麼話？

「家琪，我老婆不是妳所想的那樣，她......」

「李醫生，這些日子謝謝你，但明天開始，你別再煮晚餐給我吃了。」她身子縮得更小了。

「家琪，妳先聽我說...」

「我不要你和我老公一樣，為了別的女人讓自己的老婆獨守空閨，讓她一直等著你回家，那她究竟算什麼？你們這些男人，到底知不知道女人當初是抱著什麼心態嫁給你們？」

午後咖啡

4-4

文：六色羽

原來...緣來

女兒喝完母奶後,甜甜的在家琪懷裏睡去。

前些日子在李子彥的幫助之下,家琪不但身子強壯了起來、心靈也跟著健壯了許多。

為了女兒和兒子,她決心不能再繼續頹喪下去,自從懷上女兒後就風波不斷,她再也盼不到老公回到她身邊,即使注定那是段破裂的婚姻,她也要讓兒女們在愛的環境下健康長大。

只是她再也沒見到李子彥到醫院,她想要對自己那天莫名的歇斯底里跟他道歉,他為病人做那些事是可理解、也十分合理,是她自己扭曲了他原本的好意。

家琪忍不住問了護士李子彥的狀況。

「李醫生請喪假。」

「請喪假?」

「嗯...」護士有些哀傷的說:「他太太兩年前因為懷孕得了很嚴重的憂鬱症,跳樓自殺沒死,卻成了植物人,前天她才終於嚥下最後一口氣走了。李醫生一

直沒把老婆丟到養護中心，自己請了個看護白天在家顧，晚上他也會幫忙顧。」

家琪楞住！

原來那就是他每晚八時前趕著回家的原因；原來他會那麼在乎病人，就是因為有切身之痛！

她對人生真是即無知又愚蠢，還對他亂發脾氣！

她忍不住播了電話給他。

「沒想到妳會打電話給我。」

「我想為那天對你亂發脾氣說聲對不起。」

「嗯，我接受妳的道歉。」他氣定神閒的回她。

「我知道你只是在盡工作上的責任，我卻感情用事把你的職責想成……」她欲言又止，對那些複雜的感情感到羞愧，不知怎麼形容才不覺得尷尬？

「妳怎麼知道我只是在盡責，沒把妳當成親人或朋友？醫生也是人。」他果斷的幫她化解尷尬：「我不是故意要騙妳才沒戴婚戒，是因為我有濕疹才沒戴的。」

家琪眼眶又溫熱了起來，咬著唇不冉說話。

　　她不但感受到他對她的真誠，也感覺他對老婆是那麼的放不下，即使戒指會害他過敏，也依然要帶在身邊牽掛著。

．．

消殞之後

蕭元旭艱難的由吳嫂攙扶著、撐著拐杖立在門廊下，怒瞪著所有家人：「你們全部人坐在我家客廳做什麼？」。

家琪從多年前的回憶中回神，看向蕭元旭。

大姑、小姑見到他趕忙起身，驅前討好：「阿旭，你怎麼爬起來了呢？」

她們的夫婿為了表示關心，也起身貼過去想幫忙，深怕他走後，忘了寫下該分給他們的那杯羹，活著時得加強他的記憶才行。

「是我允許家琪出門透透氣的，你們到底在吵什麼？」蕭元旭權威般的氣勢在屋裏迴盪，盪得眾人正想啟口再次數落家琪不是的嘴，都趕忙閉上。

家琪訝然的睨著病入膏肓的丈夫，撐著一具如朽木的身子，傲然挺立在家族的面前。

他是為了她，才走出房門的嗎？她有些難以置信。

蕭元旭怒瞪著家琪道:「還不快來扶我進房愣在那幹嘛?吳嫂笨手笨腳的。」

他嚴厲的面孔又讓家琪懷疑他走出病房的用意,但還是趕忙向前扶住他,觸碰他的瞬間,那股混雜著藥劑的腐爛味又撲鼻而來,她熟悉的這副軀殼,不是他意氣風發時的模樣,而是現在他萎靡不振的狼狽樣。

家琪攙著他穿過所有人的目光回房。

幫他躺回床上,枯枝般的手還緊緊抓著她的手臂不放,好像在擔心若再次放開,她就會永遠離開他,再也不回來了,就像今天一樣。

「回來就好...回來...就...好...」他大口喘著粗氣。

家琪卻不由得在心中發笑,那不是她一輩子都在等著他時,想說的話嗎?但他從沒有一天為了她回家。

他混濁的眼睛盯著陽台外面那棵櫻花,它們正開得嬌艷如霞,再次向他粉臉蹙眉藏心機;纖枝伸懶弄春光,只是這些風花雪月,都將再與他無關了。

他抓疼家琪臂膀的爪子鬆了,最後終於完全鬆開,無聲無息的落在天絲錦被上。

一年後...

陽台外的櫻花再次盛開，家琪正襟危坐的坐在兒女和他們帶回的家人面前，有些躊躇不安的向他們宣布：「媽媽打算下半輩子要和李叔叔一起度過。」

她惶惶然的掃了所有人一眼，大家都有些茫無頭緒的睨著她，不太明白她的意思？

「有個人陪媽也不錯。」女婿打破沈默帥先開口說。

「我的意思是，我打算和李叔叔結婚。」家琪終於把哽在喉頭的話吐了出口。

孩子們的臉全都變了色！

「妳說什麼？」

「我絕對反對——」大兒子怒氣騰騰的站起，氣勢凌人的瞪視而來：「爸才剛走一年妳就急著要改嫁，那給外面人的觀感有多差妳知道嗎？」

「我也不讚同。」女兒也強硬的發表立場：「那個李叔叔是什麼來歷？我看他是打算娶妳騙我們蕭家的財產吧！」

家琪嗤笑一聲:「蕭家的家產那麼大,怎麼可能讓他騙得走?他不是什麼陌生人,他是當年幫妳接生的李醫生,我和他認識二十年以上了。」

「幫妹妹接生的李醫生!」兒子更難以接受的提高八度音:「這麼說來,妳在爸還在世時,就已經開始欺騙爸爸出軌了是嗎?」

他興師問罪的口氣裡,充滿對母親水性楊花的鄙夷,聽得家琪的心酸到底。

「你爸還活著時,我和李醫生一直都是清白的。」

「爸才一走妳就急著投懷送抱嫁給他,誰會相信你們是清白的?」

家琪氣得一八掌甩在兒子臉上,她緊咬的唇,都要滲出了血,這麼多年來她是為了誰,才忍辱負重還留在蕭家的?如今才大徹大悟自己有多不值得?

「我們不是清白的又怎樣?要說到不清白和出軌,你們知道你們的爸爸在外面有過多少女人嗎?你們知道我有多少個夜裡,都在等著他回家,希望他能在家多看你們一眼嗎?」

兒女頓時閉上嘴，場面一片鴉雀無聲，兒子再次開口打破沈默說：「我叫大伯和姑姑們回來一起商量這事......」

「不需要——」家琪全身顫抖怒道：「這是我們家的事，跟他們有什麼關係？我要嫁不嫁，那些欺壓了我一輩子的人有什麼資格置啄？他們在欺負我時，你們都沒看見嗎？」

兒女看到母親如此的憤怒，瞬間啞口無言。

女兒口氣變緩：「妳要再嫁也可以，把妳那部份遺產交待清楚，不然到時真的全被外人給騙光光。」

「對！那都是蕭家留給妳的，不能流入外人手中。」兒子憤然的接話。

家琪雙手緊摀著衣裙，為何她親自養大帶大的兒女，說出的每一句話都護著蕭家、都讓她心淌血，好像他們從來都不是她的骨肉。

蕭家把她這母親的地位，洗腦洗的一乾二淨。

「你們開口閉都是蕭家，所以『我』究竟是你們什麼人？『我』在你們兩個人的心裏到底算什麼？」

家琪提高了音量幾近怒吼，把多年來的怨氣一股腦的吼出。

看母親激動的上氣不接下氣的喘，兒子終於口氣放軟：「媽～我們只是希望妳不會被騙…」

「人家是醫生，還需要騙你們蕭家那些臭錢嗎？況且，那是我的錢，不是你們蕭家的，是我這麼多年來，忍受著你爸在外面風花雪月、為你們把屎把尿拉拔到大應得的，請你們搞清楚！還有，你爸生病，你們哪個人回來顧過他一天？」

說完，她自背後拿出一張紙，當著他們的面，把那張原本要給他們的財產分配書給撕了。

‥

被吹走的婚紗

李子彥把婚戒戴到家琪的手上時，外面突然打起了一聲巨雷，風雨隨即狂暴吹了起來。

世界乍時變得昏天暗地，婚紗帽當場被吹飛、立在一旁的鮮花也成了小旋風在教堂裡亂轉，大雨一頭灑進窗戶，大家惶惶不安的手忙腳亂，連忙關窗，只有家琪驀地盯向李子彥，笑了起來。

難得看她笑得那麼幸福燦爛，李子彥不待身後一團混亂、和牧師向他們宣佈結婚宣言，他已情不自禁的提起她的臉，吻了她。

所有人都勸她不要再婚，不要再讓一張紙綁住自由。

戀人裡，距離最近的應該是夫妻，夫妻卻是最容易變成處於世界彼端的遙遠伴侶。但要不要和李子彥立下盟約，她簡直是觀察考慮了一輩子，當兩人都赤裸裸地對彼此剖白後，她知道，他就是她所期待的那個人，他們是朋友，也是再也分不開的戀人。

　　她這輩子已經當夠了別人的妻子、媳婦、母親的角色，不同於和蕭元旭那段婚姻的無知草率，這次，她除了要任性當個被李子彥疼愛的女人之外，她還要回學校找回失落太久的自己。

　　「嫁給我，妳真的不後悔？」李子彥緊緊的捏住她手。

　　「我早就說過，你是我午後咖啡，喝了本來就有風險…」

　　外頭暴風雨中有幾個人剛從停車場下車，向教堂走來，她攏開好不容易自暴風雨撿回來戴上的白紗，定睛一看……

　　來的人竟是她的女兒和兒子，他們各自都帶著自己的家人，向她和李子彥的教堂走來！

　　家琪的心溫暖的顫了一下，看來，她前半生所有的努力並沒有白費。

　　暴風雨過後，總會在絕處逢生，找到另一番柳暗花明。

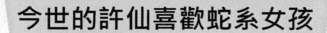

今世的許仙喜歡蛇系女孩

4-1

文：葉櫻

相遇

「天哪，妳是把租書店的整個書櫃都搬回來了嗎！」小青一回家，就用這種聽來相當無情的話當成問候。白素貞從沙發中坐起來，轉過頭去看她相依為命了一千多年的乾妹妹，但小青臉上絲毫沒有溫情，只顧著低頭注意地上一疊疊的書，罵罵咧咧地踮著腳往她這邊走過來。

小青窩進她旁邊的單人沙發後，就隨手把皮包丟在桌上，斜著眼讀出桌上那些散亂書籍的標題，並且抓住機會教訓她：「《再嫁前世夫》、《小妖也想談戀愛》、《追夫記》......妳剛剛是去租書店搶劫嗎？搬這麼多回來，妳怎麼可能在租書到期前看完？雖然我知道妳找不到姊夫很寂寞，但妳已經成癮了！妳聽我說，這樣下去絕對是不行的，妳就算不工作，也至少要多出門，這樣也更有機會遇到姊夫的轉世不是嗎？而且妳覺得姊夫會喜歡上妳這種每天窩在家把言情小說當飯吃的女生？」

「我已經找到許仙了。」她本來不想在這種場合、用這種平鋪直敘的語氣，告訴她這件天大的喜事的。

可是又有什麼辦法呢？小青越來越過分了，以前明明把她當成厲害的姊姊來崇拜，現在卻總是把她當成小孩，一見到她就一直唸個沒完。要是法海轉世，他們一定能變成天造地設的一對。

「妳說什麼！」小青如她預料地沉默了幾秒，而後卻出乎意料地再度尖叫。

「妳有沒有對他怎麼樣？妳有沒有又試著色誘還是威脅他？妳這次絕對不能再重蹈覆轍了，而且這個年代的技術很發達，妳要是又偷東西，是沒辦法讓他去頂罪的喔？」

「我什麼都沒做啦，妳為什麼對我那麼沒信心呀。」她不開心地鼓起臉頰，忍不住抱怨：「我們只是在路上偶遇而已。我的傘掉了，他幫我撿起來，就這樣。他又不記得我，還跟他的朋友在一起，我也不能跟他搭訕呀。」

「這樣好可惜喔，下次再遇到不知道是什麼時候。」小青說著，安慰似地湊過來抱了抱她。

「也沒辦法呀，現代人應該都會害怕突然搭訕自己的陌生人吧，雖然是女孩子。」她回抱住可愛的妹

妹，然後有點忸怩不安地吐露心聲：「所以說呀，我想要從現在開始好好準備，這樣下次又偶遇的時候，就能給他一個完美的第一印象，讓他對我一見鍾情啦。」

「我是覺得妳不需要想得這麼複雜啦，相遇的時機又不是妳能控制的。」

「所以我要好好看完這些書，這樣不管我們在什麼狀況下見面，一定都能萬無一失的！」

「這些書應該沒什麼用吧……算了，妳能振作起來也是好事。」

小青說要去洗澡，就放開了她。她又靠回椅背，懶懶地翻閱手上的奇幻愛情小說，但她還沒看幾頁，小青的尖叫聲就從浴室裡傳來。她嘆了一口氣，放下書走到浴室外面，隔著門問她：「妳怎麼了？」

「我那個突然來了，妳可以幫我拿一塊衛生棉嗎？」

「妳也差不多要好好學著算週期了吧，明明那麼融入現代生活的。」她柔柔的教訓著她，一邊喊著「等一下哦」，一邊往臥室走。但在她打開櫥櫃，發現裡面一片空蕩蕩的時候，她才後知後覺地想起來，自己上

個月已經用光了家裡所有的衛生用品。當時她還主動表示會馬上買來補充，結果她完全忘了。

「小青會殺掉我的。」她喃喃自語著，而妹妹的聲音恰好再度響起：「妳找到了嗎？拜託妳快一點，我不想一直待在浴室裡面。」

「⋯⋯我現在出去買，妳等等哦！」她回喊一聲，為了躲避小青隨時再度爆發的尖叫，她抓起鑰匙跟錢包，奔出房間，套上鞋子，一溜煙地衝出了家門。

• •

可愛

「希望那間藥局還開著。藥局應該會賣這種東西吧?」她一面走在杳無人煙的小巷中,一面往外面那條大街對面的藥局移動。如果一切順利,她應該能在小青洗完澡時剛好到家,這樣就風平浪靜,萬事如意。

明明她已經想出了這個周詳的計畫,但在一踏進藥局,看見喊出「歡迎光臨」的店員之後,她就什麼都忘得一乾二淨了。

「哇!」竟然在這裡又一次遇到前世的丈夫!?她現在應該說什麼比較好?話說回來,剛剛那聲尖叫是不是已經讓她扣了三十分了?她明明就想要在準備萬全的時候再跟他完美相遇的──都是小青啦!真討厭!

她心裡擠滿了一堆亂七八糟的想法,整個人都當了機,只是泛紅著臉,露出傻傻的微笑,死死地盯著許仙。幸虧許仙完全不在意,沒事一樣地對她露出清爽的笑容,主動跟她打招呼:「妳是下午那個掉了傘的女生吧?又見面了。」

他竟然還記得我！她忍不住按住心口，覺得自己幸福到能直接升天。

「妳要買什麼？我可以跟妳說東西放在哪裡。」

被這麼一問，她才真正想起來自己出門的目的，但對著一個年輕的男生說出她想買的東西，也太不好意思了吧，許仙會不會覺得很尷尬？

「……我想買衛生棉。」她的聲音細如蚊蚋，一副不希望對方聽見的樣子。

「哦，我們的衛生棉都放在那裡。」但許仙毫不在意，只是把她領到第四條走道，指著後面那排貨架，讓她慢慢挑。

在他離開後，她忍不住因為自己的誇張而臉紅。是她太老古板了嗎？還是許仙太貼心了？

「……結果這次也沒辦法聊天呢。」她一邊抱著幾包不同尺寸的衛生棉走向櫃台，一邊想著。雖然她知道他們現在只是陌生人，沒有話題也很正常，但心情還是有點低落。

　　許仙一邊低頭刷條碼，一邊問她要不要袋子。她點頭，看著他幫她把東西都裝進塑膠提袋裡，正要接過袋子時，他突然問：「妳住在哪裡啊？」

　　「咦！」他這一世這麼主動的嗎！

　　想必她的反應過於激烈，許仙終於尷尬起來，撇開視線，無意識地搔搔臉，彆扭地解釋：「我問的不夠好……我的意思是說，現在都已經晚上十點了，妳是騎車來嗎？妳一個人回去會不會危險？」

　　「啊，我是走路來的，我就住在那條巷子裡。」

　　「那附近很暗耶，要不要我陪妳走回去？」

　　「咦，真、真的可以嗎？你不用工作嗎？」

　　「沒關係啦，反正我們也要關門了，而且老闆是我的姊夫，我跟他說一下就好了，妳等我一下哦。」許仙說著，就閃進櫃台後那扇掛著「Staff Only」牌子的門，再出來的時候，他已經脫掉了圍裙。

　　「好了，姊夫說他也不希望妳遇到危險，我們快走吧。」

　　她就這樣莫名其妙地和許仙獨處了。她走在他的右側，一路上都偷偷看著他的側臉。許仙意外地外向，整路都不停地說著話，現在她知道，他的父母在他國小時就過世了，從那時就住進已婚的姐姐家，今年選擇藥學系就讀，則是受到姊夫的影響。

　　「都只顧著講我的事情，妳呢？也是大學生嗎？」

　　「哦，我呀，我跟一個女生朋友一起住，我們老家不在這裡，所以有點算是相依為命？她已經在一家咖啡廳工作了，我有時候也會去那裏幫忙，還在想要不要回去學校。」最後一句是騙人的，因為她現在才知道許仙是大學生。

　　不知道如果真的去學校念書，會不會更容易與他有交集跟話題呢？

　　「啊，是哦，是因為錢的關係嗎？妳也很辛苦呢。」

　　雖然許仙誤會了，但這樣也好。總不能老實告訴他，她這一千年來都靠著積蓄，過著無所事事的生活，每天窩在家看租來的言情小說吧？他看起來那麼外向開朗又上進，一定不會喜歡這種女生呀。

「嗯，希望可以快一點存到足夠的錢......啊，我家到了。」她停下腳步，戀戀不捨地看著他，又不必要地補充道：「就是前面那棟，我住在三樓。」

「那妳上去吧，我就等妳進門再回去好了。」

「今天謝謝你哦，還特別送我回家。」她此刻的心情混合了甜蜜與空虛——能跟他獨處好開心，但下次見到他會是甚麼時候呢，她總不能每天都往藥局跑，那樣肯定會嚇到他的。

「不會啦，我今天也很高興啊，妳這麼可愛。晚安囉。」

咦，他剛剛是說她很可愛嗎？真是的！

她臉紅起來，踩著輕飄飄的腳步爬上樓梯，整個人都冒著粉紅色的泡泡。沒想到一開門，小青如同惡鬼般的面容便冒了出來，嚇得她尖叫一聲。

「妳到底去哪裡了啊，我等了妳四十幾分鐘耶！」

啊，她完了。

. .

期待

因為這件事，這幾天小青都以此為藉口，強硬地把她拉出公寓，逼迫她在自己打工的咖啡廳幫忙。這天下午，她一邊在吧檯內擦著杯子，一邊在腦中重複播放前幾天的那個命運之夜——當時要是鼓起勇氣，跟許仙要聯絡方式就好了。現在她也不能跑去藥局，劈頭就問許仙的電話號碼，如果真的那樣，她在他心中一定會從可愛變成變態。

「到底要怎麼辦呢？是不是要偷偷用點法術呢......啊，歡迎光臨。」聽見掛在入口的風鈴發出清脆的聲響，她甩甩頭，轉身端出有禮貌的笑容，準備接待剛進門的客人。

「啊，又是妳！我們搞不好真的很有緣喔。」

竟然是許仙！她都要昏厥了，只能勉力點點頭，抱著一本菜單，把他帶到靠窗的位置，一邊倒水一邊說：「菜單畫好之後先拿來櫃台結帳哦。」

結果許仙帶著空白的菜單直接到櫃台來了。

「我第一次進來這家店，妳可以幫我勾妳推薦的嗎？」

許仙一邊掏錢，一邊問她：「妳常常在這裡工作嗎？我的學校就在附近，不過這是我第一次進來這家店，結果又遇到妳了，感覺很不可思議呢，好像什麼校園青春愛情小說的開頭。」

他是對我有意思嗎？這句話應該是暗示了吧？好，現在不是害羞的時候，打蛇隨棍上，現在就是好機會！

「真的很有緣耶......那要不要交換聯絡方式？搞不好我們能變成朋友？」

「喔，好啊。」許仙非常輕鬆地一口答應了，還立刻拿出手機。乾脆到這種程度，反而讓她開始擔心許仙的感情觀了。

「那我先去調你的飲料囉？」她說，幾乎是抱著逃離的心情轉身埋進工作檯。

在瞄到他乖乖回去位置上坐著之後，她才鬆了一口氣。

晚上，她捧著手機露出傻呼呼的笑容，點開聊天室，帶著忐忑又期待的心情傳了一個貼圖給許仙。

他立刻回覆了！真開心！

「哈囉～」

「對了，妳會想要來藥局工作嗎？最近有個店員辭職了，想到妳之前說在存學費，就想說問問妳，工作很簡單啦，藥物的話姊夫會處理，不用擔心」

咦咦，去的話就能一直看到許仙了嗎？

「當然好，拜託你了！真的超級感謝你！」

「妳很誇張欸，那我跟我姊夫說，確定時間再告訴妳喔」

「嗯！晚安！」

許仙傳了一個ＯＫ的貼圖過來。她高興到在床上滾了兩圈，把手機捧在臉頰旁蹭了蹭。

這次一定會沒問題的！他們一定能談一場浪漫幸福的愛情！

午後
咖啡

今世的許仙喜歡蛇系女孩

4-2

文：葉櫻

不是陌生人

沒問題......才怪。

來藥局工作這一個禮拜多來，完全沒跟許仙有交集。準確地說，許仙在這一個禮拜多來，一回藥局就直接往樓上的住家跑，她完全沒機會跟他搭話。

客觀來說，她能理解自己對許仙來說還什麼都不是，他把時間花在別的事情也情有可原。但主觀來說，只能遠觀許仙卻不能跟他說話，比完全沒見到他還糟糕。她甚至不敢傳訊息給他，因為她找不到話題，也不知道他到底有沒有時間能分給她。

「明明這應該是一個超王道的開頭......。」她一邊掃地，一邊怨嘆著神明。明明她的計畫堪稱完美——每天都和暗戀對象獨處數個小時，在聊天之中拉近距離，自然而然地抵達完美結局——結果，和她共處一室的卻是那個凡人！

她瞄了櫃台一眼，沒想到許仙的姊夫也正好抬頭，對她露出不必要的友善微笑。她狼狽地立刻低下頭，把注意力轉回工作。

　　雖然這一世的姊夫能對她有好感，是挺讓人開心的（畢竟上一世叫來抓蛇人的就是他），但她更想提升許仙對自己的好感呀。

　　她一邊機械性地清掃著，一邊在心裡重播上一世的甜蜜片段以自我安慰，就聽到自動門「叮咚」一聲，她看清進來的人是誰後，立刻直起背脊、清清喉嚨、撥撥瀏海，掛上微笑，閃亮亮地看著好久不見的許仙。

　　許仙也大方地給了她一個爽朗的笑容，跟她打了招呼，他那誠摯的喜悅讓她鬆了一口氣。

　　她跟著許仙走到櫃檯，看見他放下書包，穿上圍裙，忍不住開心起來，膽子也大了一點，忍不住問：「你忙完了嗎？」

　　「哦，我這兩個禮拜期中考，所以姊夫讓我專心念書。剛剛終於考完最後一科了。」他伸了個懶腰，雖然有點粗魯，但她卻覺得很可愛，要是小青在這裡，一定會翻白眼。

　　「那恭喜你了？」她努力地擠出所能想到的最好回答，而許仙應聲，蹲下身去翻找單子，走到每個架子旁清點商品。

　　話題死掉了。而且許仙似乎也沒有再跟她多說的意願。怎麼辦？她應該追上去嗎？他會不會覺得她很煩？

　　啊啊，怎麼會這樣。沒想到世界上最遙遠的距離，不是我站在你面前，你卻不知道我愛你，而是你站在我面前，我卻不知道該開啟甚麼話題。

　　她一臉悲苦地想著，諷刺地只得到姐夫的關心：「妳臉色有點蒼白，要不要提早回去休息？」

　　結果，今晚是最痛苦的。許仙不僅完全沒理她，一直低頭滑手機，還不時露出笑容，似乎和某個人聊得很開心。

　　「會是誰呢……該不會是女朋友吧？」

　　雖然她非常討厭這個假設，但這個不請自來的可怕想法，已經逕自在她的腦中生根落地，並且開出各種荒謬的幻想之花——許仙強硬地伸手摟住她的腰，冷淡地向女友宣告「愛情中不被愛的才是第三者」；女友將她約到咖啡廳，坐在她對面，默默地啜了一口咖啡後低頭落淚，說：「我早就知道許仙的心不在我這裡了，我會放他自由的。」；她和許仙在校園的櫻花樹下

甜蜜地接吻時，被帶著愛妻便當來的女友撞見，而她落寞地轉身奔跑，眼前的景色都被淚花模糊了……。她想得出神，因為在所有的小劇場中她都是贏家，因此稍微回復了點信心，但這一點信心，一下子就被許仙的聲音嚇跑了。

「哈囉？」

「哇！」她大叫一聲，摀住胸口，驚魂未定地盯著站在她面前的許仙。不誇張地說，她差點就被嚇得現出原型了。

「啊，抱歉，嚇到妳囉？」許仙眨眨眼，往後退了一步，才繼續說：「我是想說時間也不早了，妳今天又上晚班，要不要送妳回家？」

「咦咦，當然──不，我是說謝謝！」

許仙笑起來，說：「妳真的很容易激動耶，好像黃金鼠。」

好奇怪的比喻呢。但聽起來是不是有點可愛？她難以判定這句話的好壞，就丟下一句「那我去收東西」，紅著臉逃進了員工休息室。

　　「啊，我可以問妳一件事嗎？」在路口等紅燈的時候，許仙突然出聲。他的語氣帶著遲疑，眼睛直直地盯著前面的馬路，渾身透著緊張，讓她也不由得緊張起來。

　　「好啊。」雖然聲音平靜，但她的心臟卻跳得奇快。許仙該不會要跟她告白吧？

　　她滿懷希望地等著，但許仙的話就像一盆刺骨的冷水，把她澆了個透心涼。

　　「就是啊，如果有女生主動約男同學吃飯，是有什麼別的意思嗎？」

　　她吃了一驚，差點在過馬路的時候跌倒，作了兩次深呼吸後，才能心平氣和地反問：「有女生約你吃飯哦？是只約你嗎？還是約了一群同學？」

　　「應該是只約我吧……哦，就剛剛我同學傳訊息問我說，難得考完試了，要不要出去慶祝一下，她最近發現學校附近有一家新開的餐酒館，好想去但找不到人陪她，這樣。」

　　她倒抽一口氣，用右手摀住自己的嘴，心思轉得飛快。這鐵定是對他有意思吧？！

　　許仙乖巧地看著她，等著她的回答，於是她心一橫，說：「嗯，那只是把你當成朋友啦。聽好了哦，要是男生因為這種小事就自作多情，以為女生對自己有意思，會被討厭的。要是女生真的喜歡你，就會直接告訴你的啦。」

　　「是這樣嗎？」許仙看上去有點訝異，低頭沉思了好一會兒。她忐忑地觀察著他，很擔心自己的謊言被拆穿，結果他卻大大地吐了一口氣，露出神清氣爽的笑容。

　　「真是太好了，我本來還擔心拒絕會害她傷心，但如果對方沒意思，那就沒事了吧。謝謝妳啦，我女生朋友很少，所以有人能問真是太好了。」

　　「啊，嗯。」她勉強擠出一個微笑，然後覺察了這句話的重點。

　　「我們是朋友了嗎？」

　　「欸？是吧？都已經是可以聊天的交情了不是嗎？」

　　「說的也是呢。」她乾笑兩聲，用「至少已經不是陌生人了」來安慰自己。

　　「啊，妳家到了，那今天就先這樣吧。明天開始我就會正常上班了，到時候再聊吧，有空也可以一起出去玩啊吃飯啊什麼的。」許仙的語氣相當誠心，絲毫沒發現她的低落。

　　「好啊，你回去也要小心喔。」她跟他告別，在爬上樓梯時，祈禱自己不會永遠被冷凍在朋友圈。

‥

追他

她跟許仙是朋友了，這應該是好事吧。至少許仙說到做到，每次上夜班前，都邀她一起去吃晚餐。雖然只是在附近的小店吃簡單的便飯，但能一邊吃飯一邊聊天，就已經讓她幸福得快要升天了。

膨脹的甜蜜感讓她暈頭轉向，面對許仙的時候也越趨大膽，在發現他們都喜歡奇幻作品之後，更是一發不可收拾。許仙甚至借了幾本小說給她，事實上，她此刻就抱著那本借來的《龍槍編年史》窩在沙發上，一邊傻呼呼地笑著，一邊把飄然的幸福感都甩到妹妹那裏去。

「妳聽我說啦，小青，許仙竟然也喜歡看奇幻文學，而且他還借我這本書，我們昨天聊了好久～！」

「這樣不是很好嗎，就這樣一舉攻略他吧。」小青一邊咀嚼蛋糕，一邊用模糊的聲音敷衍著她。她氣呼呼地揮揮手，那塊波士頓派便飛到空中，成功地吸引了妹妹的煩躁與瞪視。

　　「所以說呀，我想要約他去看電影，妳覺得怎麼樣？」

　　「我怎麼知道，妳才是那個用兩個禮拜就看完十套愛情劇的人吧。」

　　「哎喲，我就是在想說，他會不會覺得我很得寸進尺？會不會覺得我在追他啊？」

　　「妳就是在追他啊。」

　　「那萬一他不喜歡主動的女生怎麼辦？」

　　「我是覺得還好啦，妳又不是故意颳風下雨，然後把他拐回家騙上床，逼他跟妳結婚。」

　　「妳認真一點啦，我很煩惱耶！」她伸出手想打她的妹妹，但小青早就移居到沙發角落去了。

　　「他不會怎樣的啦。妳之前不是跟他說過不要亂想嗎？那妳約他出去，他也只會覺得是好朋友一起出去玩吧？」

　　「說的也是......但不知道為什麼，有種自作孽的預感。」

　　「妳不要再亂想了啦，快點去約他吧。」

「其實他剛剛已經答應了。」

小青瞪她，站起身來掄起抱枕，擺出一副要拍死蟑螂的架勢。她忍不住一縮，蒼白地辯白道：「妳覺得我能不能做一點東西送他吃？比如餅乾或小點心之類的。」

「可以吧。」

她躊躇了一會兒，怯怯地問：「那妳覺得我可以偷偷在麵團裡面加一點迷情咒嗎？」

「不可以啦！不是說好了要乖乖的了嗎？」小青終於受不了了，用抱枕擊中了她。

※法海

星期六，他們約在電影院見面，她特別換了白色的紗裙跟粉色的上衣，別了珍珠髮夾，希望給對方一個好印象。許仙也不負她的期待，不僅稱讚她今天看起來很像公主，還很開心地收下了她的巧克力餅乾，配著電影吃了精光。

　　她在這兩個小時裡都幸福地像是漫步在雲端上——他倆肩碰著肩，用氣音小聲聊天，還靠在一起偷笑，就像是真正的情侶。

　　散場的時候，她感嘆道：「我好喜歡這部電影，改編得好棒！」

　　「妳很喜歡白蛇傳嗎？」

　　「我是喜歡這部電影的版本啦。」她一邊走下階梯，一邊轉頭說：「我很喜歡白蛇跟許仙在一起的結局。」

　　「我也覺得挺浪漫的。重點是兩個人合不合得來嘛，種族不是那麼重要啦。」

　　他們肩並著肩出了影廳，許仙突然說：「對了，我明天上班的時候再請妳吃東西吧，當作餅乾的回禮。」

　　「不用啦，是我自己想送你的。你喜歡我就很高興了。」

　　「很好吃啊，我超喜歡。話說我的朋友廚藝都很好呢，我真幸運。」

「你的朋友......是女孩子嗎？」糟糕，該不會是那個想約他吃飯的同學吧？很會做菜又比她早認識許仙的女孩子，那不就是每個愛情作品的女主角最強勁的對手嗎？

「不是啦，他是男的。雖然他喜歡作菜但不喜歡吃，所以常常會拿東西來餵我。」

「喔，這樣呀。」她應該要放心才對，但為什麼有種不好的預感？

「有機會的話真想介紹你們認識......啊，等等哦。」許仙突然要她站在原地，自己往遠遠的影廳出口跑去，並抓回了一個清秀的男孩子。

「這就是我說的那個朋友！」

那個男生拼命地掙扎著，但完全無法脫離箝制。最後他認命地抬頭，在看見她的剎那就紅了臉，然後睜大了眼睛，張大著嘴卻說不出話來。

許仙毫無所覺地繼續勾著他的肩，滿面春風地介紹：「這是我的朋友，他叫法海。法海，這就是我跟你說過的在我家打工的女生，她叫真真。」

　　她和法海四目相對，並且確信了這就是那個法海
的轉世。

　　「妳好，很高興認識妳。」法海說，紅著臉，躲
閃著她的眼神。

　　「我也很高興能認識你。」她微笑著、咬牙切齒
地回答。

　　誰想得到呢，她最大的阻礙不是女朋友，而是一
個上輩子跟他們糾纏不清的男朋友啊。

今世的許仙喜歡蛇系女孩

4-3

文：葉櫻

三人行

「呃，所以妳的名字是寫成『素真』嗎，念起來就跟白素貞一樣呢。」法海一邊捏著吸管攪動冰紅茶，一邊乾巴巴地找話題聊。

「嗯，對啊，很常有人會想到那個白素貞呢。」她捲著頭髮，努力端著微笑，感覺到雙頰已經開始僵硬。

「我們三個的名字真的很配呢。」法海很友善地接話，但注意力並未集中在她身上，而是抱起了後面的抱枕，開始無意識地捏著它玩。

「啊哈哈，真的耶。」她盡力了，但話題還是死掉了。幸好服務生及時送上主餐，填補了這段可怕的沉默。

她和服務生道謝過後，就拿出手機拍起自己的青醬雞腿燉飯。表面上她只是個養成時下流行習慣的單純女孩，但實際上她心裡閃過的思緒，就跟她這一千年來吃過的雞一樣多。

好尷尬！為什麼許仙會笑著一手勾一個人，把他們一起拖進餐廳呢（而且他竟然選了法海隔壁的位子）！為什麼要跟法海一起吃午餐呢（而且他剛剛還把紅蘿蔔直接丟進法海的盤子，是在放閃嗎）？就算無視這一切，許仙至少也說句話啊，從剛剛就一直掛著那種撮合年輕人的大媽笑臉，用關愛的眼神盯著他們......難道他真的對自己一點意思都沒有嗎？明明都約出來看電影了，卻突然把她介紹給好朋友什麼的，就連最爛的愛情小說都沒有這種情節吧......。

「你也說說話啊。」法海撞了許仙的肩膀，臉頰泛著可疑的紅暈。法海實在太貼心了，這樣下去她會覺得自己挑老公的眼光很有問題的，不行不行！

「哦哦，我覺得你們兩個看起來很配啊，對了，真真她也喜歡做菜耶，你可以跟她聊你上次試做的那些料理啊，什麼焗烤蘑菇、義大利肉丸之類的。」

「聊那個要幹嘛啊......而且是你一直把食譜傳過來，逼我做給你吃的耶，又不是我自己想做。」

不會吧，許仙都會對法海撒嬌，要他做飯給他吃嗎？這感情也太好了吧？而且法海的家政力是不是太

高了？會察言觀色又寵愛人，還長得挺可愛的，簡直就是完美的男朋友——不不不，不要想到不小心租回家的那本耽美漫畫的情節啊素貞！

「你看，素真都被你嚇到了啦。」

「啊·抱歉·不小心就用平常獨處的樣子說話了。」許仙雖然很坦率地道歉了，但她越來越不安了。

明明之前相處的氣氛都很甜蜜的，難道一切都是她的老公濾鏡在作祟，其實許仙根本對她沒意思嗎？

似乎終於查覺到氣氛變得相當詭譎，許仙終於試圖補救，但他能想到的最好辦法，竟然是丟下一句「我去廁所」，就直接離席衝出餐廳。這是第一次見面耶，竟然能把約出來玩的女生和偶遇的好朋友直接丟著獨處，到底是有多直男啊？不負責任的態度已經逼近以前不告而別逃回杭州那次了吧？

「他到底在做甚麼啊……。」法海相當傻眼地注視著他的背影，眼神滿盈著不知所措，看起來竟然有幾分可憐，就像是被媽媽丟在鬼屋的小孩。這兩個男人到底為什麼會這麼黏膩？

「他在努力撮合我們吧，雖然不知道為什麼會變成這樣。」

「我雖然喜歡可愛的女孩子，但是妖怪不行啦！」法海被她的話嚇了一跳，不僅脫口說出一句超粗魯的話，剛剛叉住的花枝圈還直接從盤子裡飛了出去。

她臉色一暗，不滿地反駁：「什麼妖怪啊！」

「啊。」他臉色發白，定格了三秒之後，才小心翼翼地重新開口：「我不是在罵妳哦？我只是找不到其他中性的代稱……妳可以不要生氣到把我吃掉嗎？」

「你坐過來。」她拍拍右手邊的沙發空位，然後相當無語地看著不情不願坐下、死死抱著抱枕當作防禦、縮在沙發角落想方設法拉開距離的法海。這樣是要怎麼小聲討論這種話題啦？她學小青翻了個白眼，只好自己挨過去坐。法海的左手臂都僵硬了耶，也太像和尚了吧。

「你還記得前世的事情呀？」

「我不記得啦，我只是因為現在是個道士，才能看到妳的妖氣而已。是說我的道術很爛喔？拜託不要把我吃掉？」

　　「你這世是道士呀，那真是太好了。我聽現在的人說，你是因為自己沒辦法戀愛才會忌妒許仙跟我，既然現在你能交女朋友了，那你應該不會再阻礙我們了吧？」

　　「妳平常都在看甚麼啊？」法海的語氣飽含困惑，但反正他忘記害怕了，她就當這是件好事，順勢抱著他的手臂跟他撒嬌：「你聽我說呀，我們都是老交情了，你應該會幫我吧？會吧？」

　　結果他非但沒有在她的魅力下融化，反而整個人硬得像石頭，這和尚！

　　「妳的個性是不是差太多了？突然變得太肉食性了吧？」法海的聲音有點顫抖，但她直接無視了不是「好」的回答。

　　「因為許仙不在嘛。好啦，你聽我說，我好不容易找到許仙的轉世，這幾個月也一直在他家的藥局打工，努力和他拉近距離，然後今天終於單獨兩個人出來看了愛情電影，他還把我的手做餅乾全部吃完了！我本來以為今天一定能變成我們的第一次約會，結果現在不但互餵甜點的計畫被打斷了，他還要把我們配

成一對，你有沒有甚麼辦法能讓他意識到自己其實喜歡我啊？」

「其實我也被他嚇了一跳……每天中午被他拉去醫學院的地下餐廳一起吃飯的時候，他明明都在說妳的事情，今天看到你們走在一起，我以為你們鐵定在交往了，結果卻變成這樣。」法海一邊嘆氣，一邊試著把她的手剝離，發現無果之後，才認命地繼續說：「但他這個人就是有點笨吧，或者說是遲鈍？以前高中的時候也有女生追了他一個學期，最後跟他告白，結果他竟然當面跟人家說『我完全沒發現妳喜歡我耶，抱歉喔』，害人家在畢業典禮那天大哭。」

「不行啦，如果這次被他拒絕，我還有甚麼臉面繼續糾纏他，還告白第二次、第三次啊？我會羞恥而死的，乾脆現在直接放棄，回去繼續被雷峰塔壓著算了……。」

「妳就直接告訴他啦！他一定是喜歡妳的！因為他之前從來沒有介紹跟他告白的女生給我認識！」

「所以許仙是那個意思嗎？希望自己的大老婆跟小老婆可以好好相處，先一起吃飯再藉故離席，讓他們好好培養感情之類的⋯⋯。」

「我拜託妳要看現代的書也先挑一下！不要把我也加到亂七八糟的愛情故事裡面！」

「甚麼叫亂七八糟！我真的很煩惱！你為什麼總是要阻礙我跟許仙的戀情啊！你難道真的是跟我有仇的蛤蟆精變的嗎！」她悲從中來，忍不住撲過去抓法海的頭髮洩憤，法海完全傻住，就這樣被她扯了好幾下頭皮。雖然很開心，但過度沉浸的結果，就是他們同時被許仙的聲音嚇了一跳，幾乎抱在一起。

「你們感情好像變得很好耶。」許仙搔搔臉，坐回原來的位子，但眼神有點飄移，完全不正眼看她。她看看許仙，又看看僵直的法海，為了印證自己的猜測，她勾住法海的手，回答：「因為有很多共同的話題可以聊。」又看著法海問：「可以加你好友嗎？回去我再把剛剛說的檔案傳給你？」

「呃，好啊。」法海乖乖地交出了手機，一副任人宰割的樣子，而許仙則是睜大眼睛，看起來相當不

可置信。明明剛剛還把她推給別的男生的，現在後悔了吧，真是個反覆無常的笨蛋，一點都沒變。

「下次再約出來一起玩吧。」和法海告別的時候，她笑著揮手這樣說。法海勉強地應了一聲，許仙則是維持空白的表情。

搭公車回去的路上，許仙和她並肩坐著，但卻一直望向窗外，一點都沒有平常的颯爽。直到下車前幾分鐘，才轉過頭來，彆扭地問她：「妳覺得法海很好聊喔？」

「很好聊啊，而且很好笑，很害羞耶。」

「是喔。」許仙深深地嘆了一口氣，偏臉繼續面向窗外。

後悔了吧，笨蛋老公！她久違地嚐到了被愛的虛榮，完全陶醉在自己的世界裡，所以等到被送到家門口，看不到許仙的身影時，她才慢慢地意識到事情的不對勁。

要是許仙真的覺得她跟法海變成一對了，這樣她還要怎麼追他？

「總之先傳個訊息給他⋯⋯。」她慌亂地掏出手機，啪啪地快速打了「今天跟你一起看電影真的很開心～下次再一起出門玩吧」

她捧著手機等了又等，終於在三十七分鐘後等來了絕妙的叮咚一聲。

許仙只回了一個「好」字。糟糕。他該不會生氣了吧？他該不會覺得她很婊吧？

天哪，她到底做了甚麼傻事。

她哀傷到變回原形，盤在房間角落，把頭埋在軀幹中懺悔自己的愚笨。而叫她吃晚餐叫了半小時、最後破門而入的小青，又是怎麼把她拉成長長一條，直接拖進餐廳，又是另一個哀傷的故事了。

今世的許仙喜歡蛇系女孩

4-4

文：葉櫻

尷尬

第二天上班的時候，許仙雖然信守承諾，買了一杯咖啡當作餅乾的回禮，但就只有這樣。沒有微笑、晚餐和聊天，他整個晚上都在瞎忙，無事可做的時候也寧願低頭滑手機，之後幾天也是這樣。

她快瘋了。要是許仙直說討厭她就算了，偏偏他又總是不停偷看她，在客人和她說話時也死盯著他們的背影，完全像是被甩掉卻想求復合的前男友。

雖然用前男友來比喻他詭異的行徑，但她其實也不太相信許仙真的暗戀她，畢竟之前毫無契機，而他也根本毫無表示。

搞不好他根本只是在避嫌，畢竟在他心裡，她現在很可能是他摯友的女朋友。想到這裡，她嘆了一口氣，蹲在櫃檯看不到的走道角落哀嘆自己的命運。

「要是有人能商量就好了……。」她扳著指頭，數著能說心裡話的人，但可悲的是怎麼數都只有兩個人。

小青鐵定不行，她討厭法海也討厭心機，向她求救只是自找死路。法海也不行，這幾天他傳來的抱怨

訊息沒完沒了，每晚最後還都要傳一句「妳到底什麼時候才要跟他說清楚啊」，他根本不懂她的煩惱。

她也很想直接和許仙說清楚，但怎麼可能？想想看，要是她直接跟許仙說：「其實我只是為了讓你吃醋，才假裝成你最好朋友的女朋友！現在你吃醋了吧？那我們就來交往吧！」他會把她當成什麼樣的女生啊？

難道要和法海演分手給他看嗎？但萬一許仙不想和朋友的前女友交往怎麼辦？

乾脆把他嚇昏然後竄改他的記憶？但萬一又不小心把他嚇死，還得去盜仙草。

直接把他帶回家吃乾抹淨要他負責算了。不行，已經說好不能犯罪了，小青會殺掉她的。

她又嘆了一口氣，毫無儀態地用雙手扯著頭髮，發出煩躁的單音節。

「妳在幹嘛？」法海困惑的聲音猛然從她身後響起。她嚇得全身一震，差點跌坐在地。

「你才是來幹嘛！」她匆忙站起來，拍拍裙襬，試圖挽救瀕臨崩毀的形象。她偷偷瞥了一眼櫃台，許仙滿臉吃驚，正瞪大雙眼看著他們。

要是他覺得法海來找她吵架或談判分手，她也不能怪他。

「我有事情要跟妳說。」法海卻對險惡的氣氛毫無所覺，相當遲鈍地向許仙喊了一句：「我把素真借走一下喔」，就把她往門外拖。

不要再做這種會讓許仙誤會的親密舉動了啦！

一出了許仙的視線範圍，她就甩開法海的手，氣呼呼地抱怨：「你怎麼突然跑過來啦，許仙會覺得我們兩個真的有關係耶。」

「妳為什麼都不跟他說啦，妳不是都已讀我的訊息了嗎？那妳應該知道我們的友情現在岌岌可危了吧！」法海抱怨幾句後就軟化下來，可憐兮兮地問：「妳真的不願意直接跟他告白嗎？他絕對會答應的喔。」

「你幹嘛突然這麼強勢？」

「因為我快尷尬死了！他每天都問我們倆個的事情！」法海悲憤地回答，巨大的聲音反映了他內心的壓力。然後認命地嘆了一口氣，從書包翻出兩張紙，塞進她的手心，說：「這兩張票送妳。」

「為什麼？」

「我昨天努力地卜了一卦，結果說你們兩個要是單獨出門，問題就會得到解決！所以你們就去遊樂園玩一天吧，求妳快點跟他在一起，我不想莫名其妙就被朋友甩掉啦。」

法海雙手合十地低頭拜託她，看起來真的很可憐，而且她還拿了人家的票，根本沒辦法拒絕，只好勉強地答應。

她進藥局的門時，正好和抬頭的許仙對上眼。他眨眨眼，清清喉嚨，稍微低下視線，問法海說了甚麼。

他主動跟她說話了！她雀躍地抓緊這個機會，走到櫃檯旁邊，把票秀給他看：「他給我兩張遊樂園的票，叫我們一起去。」

「既然是他買的票，為什麼不是你們兩個去？」

　　「呃，他說他沒空啦，所以就叫我找喜歡的人一起去……你不想陪我去嗎？」她無辜地望著他，大膽地暗示自己的心意，但她其實並不抱希望。

　　「當然想，我是說，我也很喜歡去遊樂園玩。」沒想到許仙一下子就熱情地答應了，著實讓她嚇了一跳。

　　這票是被法海下了什麼咒嗎？她愕然地盯著那兩張薄紙，卻完全找不到一絲法術的痕跡。

　　她的老公每一世都好反覆無常，真是難懂呀。

・・

甜

多虧法海的票，現在他們又能自在談天了。這幾天，他們一逮到空閒，就一同窩在櫃檯制定約會計畫。姊夫完全默許了他們的懶散，坐在另一邊看著他們，還掛著欣慰慈祥的微笑。

「妳有沒有特別想玩的？」許仙點著平板螢幕，叫出遊樂園的官網，然後把電腦往她這裡推，她太急著去接，就不經意地碰到了他的指尖。她臉紅著道歉，卻發現他也臉泛紅暈。

他們簡直就像少女漫畫裡面的笨蛋情侶。不，她在想甚麼啊！她甩甩頭，努力地把注意力放在當下。

「我看看......我想搭摩天輪，還有旋轉木馬跟咖啡杯，啊，我也想去鬼屋！」

「好啊，那來排路線吧。如果還有時間就再去玩別的。」

許仙挨了過來，點開地圖，很認真地規劃著。他可真是可靠，她想著，忍不住低頭偷偷傻笑起來。

晚上，她收到了許仙的訊息：「明天記得要穿褲子，最好能背後背包，鞋子也要穿好走的，比較好行動。」

許仙也太貼心了吧！她抱著手機暈呼呼地笑著。小青看她的眼神就像在說「這個人有病吧」，但她現在可管不了那麼多啦。

••

我真的喜歡你

約會當天，陽光明媚，溫度合宜，遊客人數也不多，相當完美。她大受感動，幾乎想要當場跪拜天地眾神，但她必須維持良好的形象，所以只是併腿坐在長椅上，向買可麗餅回來的許仙露出感激的微笑。

許仙把蜂蜜冰淇淋可麗餅遞給她，很自然地挨著她坐，她更加開心，立刻咬了一大口甜點，正沉浸在甜美鬆軟的口感中，就聽到喀擦一聲。

她愕然地轉頭，發現許仙在偷拍她，便瞪他以表不滿。許仙雖然乖乖放下手機，卻死不認錯地辯駁：「我是想說可以連剛剛的照片一起傳給妳。妳看妳在旋轉木馬上面笑得很開心耶。」

為了表示他所言非虛，他開始把整個早上拍的照傳過來。她不甘示弱，咬著可麗餅舉起手機，得意洋洋地用合照回覆他。

他們就這樣邊玩邊吃，好不容易才抵達鬼屋。踏進鬼屋時，許仙的臉似乎有點垮，不知道是不是她的錯覺。

　　鬼屋很黑，三不五時地還會颳起冷風，還有詭異的背景音樂。雖然設計很用心，但她還是看得很清楚，也完全不怕人造的妖怪或鬼，所以她只是饒有興致的踏著雀躍的腳步，偏頭跟許仙說：「不知道甚麼時候會遇到第一個機關。」

　　她相當期待，但許仙相當冷淡，只是僵硬地應了一聲，腳步越來越蹣跚，甚至主動抓住她的手，身體也貼了過來。

　　她雖然開心，但開始擔心他會嚇到暴斃。正當她猶疑著是不是該提議掉頭回出口，轉角就突然竄出一個扮成殭屍的女孩子，讓他們倆都嚇得驚聲尖叫，緊緊抱在一起。

　　「天！」許仙上氣不接下氣地慘叫一聲，死命地抓住她，幾乎要把她抱在懷裡壓碎了。

　　許仙似乎還是跟前世一樣害怕怪力亂神的東西，他一路驚叫，女鬼的投影、踩上去會發出怪聲的地板、經過時會淒厲尖叫的門、不停從各處彈出的殭屍人形，每個機關都完美地嚇到了他，並讓他幾乎癱軟倒地。事已至此，她也沒有再賞玩人類工藝的心情，只顧著

全速前進，把他拖出鬼屋。他們甚至引來了出口的工作人員的關切，雖然許仙回答沒事，但他乾啞的聲音和慘白的臉色都很沒說服力。

「抱歉，我太沒用了。」許仙無力地癱坐在出口附近的地板，低著頭道歉。

她又愧疚又捨不得，蹲在他旁邊給他拍背，安慰地說：「對不起喔，我不知道你不喜歡鬼屋。要是你說了，我就不會拉你來了。」

「我本來以為我可以，結果害妳丟臉了。」他嘆氣，又自暴自棄的加了一句：「如果妳跟法海來的話，應該會更開心吧。因為他一點都不怕鬼。」

「我覺得跟你一起來就已經很開心了。」她急著給他打氣，沒想太多就吐出了這句話，直到許仙瞪大眼睛看著她，她才意識到自己說了甚麼，只好訕訕地收回手，臉紅著在他旁邊坐下。

他們就這樣肩靠肩坐著發呆。雖然同樣是沉默，卻讓她心情舒暢。仔細想想，這是她第一次體會到這種慵懶和放鬆，前世雖然是夫妻，但她卻總是因為害

怕許仙發現自己的真面目而提心吊膽，而在他真的發現之後，他們也不再想陪伴對方了。

「現在已經要四點了，要不要去搭個摩天輪，然後就回家？」過了好一會兒，許仙率先站起來，還朝她伸出手。她猶豫了一會兒，終究接受了他的好意。

他們各自坐在摩天輪的兩邊，從窗戶看著逐漸縮小的地面。在升到最高點時，許仙突然說：「果然妳還是比較想跟法海來吧？」

「為什麼？」

「因為你們不是在那個......交往嗎。他也比較好玩啊，不會怕鬼，很體貼，觀察力很強，還會做菜......嗯。」許仙自顧自地點頭，就像是在說服自己，她沒來由的上了火，凶巴巴地瞪著這根大木頭：「我就只喜歡你，你就是不懂嗎？」

「欸？」

「不然我幹嘛單獨約你去看電影，還做餅乾給你吃！」

　　許仙的嘴巴一張一闔，吃驚的看著她，像是被甩到岸上的魚。

　　「結果！你就莫名其妙把朋友拉過來一起吃飯，還想要把我推給他，怎麼有你這種人啊？氣到不行就想報復你，結果搞成這樣，可惡！」她怒吼著，激動地站起來揮舞著雙手，車廂為之晃動，她絆了一下，理智也順道回籠。

　　糟糕了。她尷尬地立刻坐下，微低著頭等待許仙宣判她的戀情死刑。結果卻等到一陣憋笑聲。笑了？為什麼會笑啦，這男人！

　　「妳剛剛好激動，嚇死我了……但是我很開心。」

　　「我看到妳跟法海那麼親近的時候，才發現我喜歡妳，很遲鈍吧？可是已經來不及了。所以我現在超級開心的。」

　　「而且我一直不確定妳到底喜不喜歡我，妳之前不是說女生會直接說嗎，還說不可以自作多情，所以我一直在煩惱。」許仙抓抓脖子，尷尬地吐露心聲。她臉頰燒紅，誰想得到，當時為了斷他桃花說謊騙他，結果卻反而害到自己？

「我真的喜歡你喔。」她抬頭，很認真地看著他的眼睛說。

「我也喜歡妳。」他傻傻地笑了起來，好可愛。

最後他們手牽著手出了車廂。夕陽把他們的影子拉得很長，而他們靠得很近。這次會沒問題的。她想著，踮起腳尖偷偷的吻了她新男友的臉頰，對他露出一千年來第一個不帶機心的開心笑容。

·   ·

我愛我憐我獨占

4-1

文：語雨

侵犯

「我喜歡葉夏生同學，你可以做我男朋友喔。」

「對不起，我已經有喜歡的人了。」

微微捲曲的頭髮，長長的眼睫毛，看似楚楚可憐的臉龐，葉夏生有一副中性俊美的容貌，如果扮成女生甚至比一般校花還要美。

說話的女生就是戀上這份美貌，她畫著淡妝，一頭俏麗短髮，對自身容貌也相當自信，沒想到竟會被拒絕，神色變得十分錯愕，她身後那些女生也是一陣嘩然。

「說謊！你對每個人都這麼說，可是誰也沒見你跟哪個女生特別親密！」

身後的女生對著葉夏生怒吼，葉夏生仍然低著頭，那鬱鬱的秀麗臉龐令在場女生面紅耳赤，想要繼續喝斥卻說不出來。

校園女王般的女生神色不悅，背對著葉夏生開口說：「哼，既然是這樣，那就算了，我們走吧。」

「真的很抱歉。」

「不要以為長得好看就可以囂張，你會後悔的。」

女生們見女王轉頭就走，拋下一句話，慌忙跟在後面離開。

「唷，今天又被告白了，大帥哥。」

走進教室，頂著雞冠頭的男學生走來，身邊跟著一群人，說話的棗秋啟屬於中心人物。

對於諷刺只當作聽不見，葉夏生走向座位，棗秋啟攔在面前，用挖苦的語氣說：「不要走嘛，這次誰又是受害者？你又拒絕了人家吧？用了那位喜歡的人當擋箭牌……」

「第一節課要到了，我想先回座位預習。」

「少裝了！擄獲本校第一帥哥的女人到底長什麼樣子？大家都很好奇。」

見棗秋啟在糾纏葉夏生，同班同學大多數都作壁上觀，實際上葉夏生也不想誰來幫助，在國中他曾遇過女生主動維護，後來用人情提出種種任性的央求，

加上男同學因妒恨而不斷小動作，令葉夏生處境更艱難。

「對不起，我不能說出來......」

「為什麼？不是醜女人，是醜大叔嗎？在外面叫人乾爹，竟是賣屁股的——咕啊！是誰？」

點名簿朝著棗秋啟頭頂打下去，後面站著的是男班導，班導怒目橫眉，沉聲說：「男生嘛，吵架、打架也無可厚非，但是你講話實在太沒品了，嘴巴臭成這樣，難怪女生看你就嚇跑了！」

跟班早在班導來時就鳥獸散，棗秋啟見朋友沒義氣，不禁嘟囔幾句，瞪了葉夏生一眼，悻悻然的回到座位。

「還有你，畏畏縮縮，難怪人家看了好欺負，放學後留下來。」

葉夏生身子震動一下，連棗秋啟的污衊都沒讓他變色，班導的話卻令他臉色鐵青。

放學後，輔導室。

輔導室總共有三個隔間，全部都是隔音的，學生來這裡可以毫無顧忌說出煩惱，也有老師利用輔導室來訓誡學生。

「他有沒有碰你，碰了你哪裡？那些該死的學生～～對不起～～我也有老師的面子要顧慮......」

「老師～～住手～～」

鼻腔噴出來的熱氣噴灑在脖子上，鬍子摩擦著嬌嫩的臉頰，葉夏生推擠男班導的胸膛，可是單憑那瘦弱手臂卻是徒勞無功。

「夏生，我會愛護你的～～絕對不會讓那些傢伙有好果子吃，夏生我愛你，愛你愛你愛你～～」

全身起了雞皮疙瘩，葉夏生感到作嘔，就在這時，手機聲響起，他趁著男班導分神時掙脫，慌張的打開小室大門，快步走出去。

「谷老師也會讓學生逃走了呢。」

「沒辦法，有些學生不受教，不過這並不是讓我們放棄的理由是吧？」

「哎呀，谷老師好偉大。」

　　一面與外面的輔導老師說笑，男班導的語氣顯得道貌岸然，不過盯著葉夏生離去門扉的那雙眼卻透著炙熱欲望。

　　葉夏生恐懼至極，飛奔回家，就當要拿出鑰匙時，玄關大門打開，一名穿著西裝的中年男子從裡面走出來。

　　「爸爸怎麼在家？」

　　「只不過有東西忘記拿而已……放學啦？怎麼跑得氣喘噓噓的？」

　　聽見父親的問話，夏生陷入沉默，葉爸爸見兒子不說話，只是皺眉一下就往車站方向走過去。

　　「爸爸！我不想要去學校了，要直接去工作！」

　　「傻話，連高中沒畢業能做什麼工作？」

　　「可是我……我……」

　　「在學校遇見什麼不順心的事了？」

　　「我……」

　　見兒子咬牙又不說話了，葉爸爸用有點嚴厲的語氣說：「現在在學校碰到的事，在社會也一樣會遇到，從學校逃到社會，到了社會你又要逃到哪裡去？」

　　「可見，爸爸……」

　　「公司還有事要忙，別再說傻話了。」

　　看見父親轉身就要走，夏生不禁想喊道：「爸爸！我在學校被欺負，不只同學看我不順眼，連老師都想要侵犯我……」

　　眼睜睜看著父親離去，葉夏生沒勇氣開口說出學校那些讓自己很丟臉、很悲慘的事，更恐懼的是如果一說出口，父親仍不在乎，那麼到時就失去唯一可以依靠的人了。

　　「要洗澡才可以……」

　　夏生喃喃自語，緩步走進浴室，用力刷洗白嫩到討厭的肌膚，洗著洗著淚水滾滾而下，扶著牆壁掩聲哭泣。

．．

霸凌

　　馬冬憐是學校的新進教師，長得眉清目秀，穿著一身保守的西裝，個性溫柔可靠、剛正不阿，即使有點古板，師生都對馬冬憐印象不錯。

　　「你們在幹什麼！」

　　入校半年，馬冬憐雖然會對學生說教幾句，但從沒到勃然大怒的程度，但是眼前的景色令她氣炸胸膛，當下就呼喝出聲。

　　在校舍後方，一群學生包圍著另一名女學生，那名女學生被兩名男同學架住，其中一名女學生竟然在脫她的褲子，眾人哈哈大笑。

　　那群學生聽見喝斥嚇一跳，任由那名女生跌倒在地，其中一名男學生辯解：「老、老師，我們......我們只是在玩而已......」

　　「住口，把我當作三歲嗎？不要妄想能逃過一劫，你們名字我都記起來了，我會向訓導主任報告這件事！」

以為這種藉口可以瞞過老師不是很蠢，就是壞到以為老師會多一事不如少一事，不論是哪一種都令馬冬憐怒火燒得更旺。

看見老師發火，有學生腳步外移，準備落跑了事，但是在場學生有穿制服，名字和班級都清楚繡在胸口，早被馬冬憐記下來了。

「老師，等一下，我們開玩笑而已，那個⋯⋯」

「我不要聽你們廢話，去訓導主任前面辯解吧！裡面竟然還有女生，女生幫男生欺負女生，不覺得羞恥嗎？實在太令人看不下去了，所有人的臉我都用手機拍下來了，一會兒我會一個個確認，你們做好心裡準備吧。」

聽到老師的話，壞學生們一臉古怪，馬冬憐說完就馬上趕人，接著轉頭走向那個被欺負的女學生，低著頭說道：「妳有沒有受傷？沒事了，那群壞學生我們校方會處理，以後這種事再也不會發生。」

那名女學生聽了只是露出淒涼微笑並搖了搖頭，那楚楚可憐的動作令馬冬憐心頭一緊，產生奇怪的感受，連忙把那種感覺甩掉。

「女生遭遇到這種事一定很可怕，真是可憐，沒事的，老師會站在你這邊，我們先去保健室，葉……葉夏生同學是吧。」

念出胸口繡著的名字，馬冬憐伸手要扶起對方，那名女學生盯著馬冬憐一會兒，才用冷漠的語氣開口：「老師……我已經沒事了，不用去保健室，還有……我是男生。」

「欸？」

馬冬憐才注意到對方穿著學生褲，以及脖子喉結，對方是正當的男孩子。

翌日。

馬冬憐在教師會議將這起事件上報，訓導主任和幾名老師面帶苦色聽完，表示會適當的處理。

「請問適當的處理是什麼？應該立刻請那些學生的家長到校吧？還有葉夏生的班導師也應該積極處理才是，為什麼連一句話都不說？」

「我們還不了解經過，要等到個別約談學生，校方不能聽單方面的說詞去行動。」

「那麼先叫霸凌的學生都來訓導處給說詞吧，加上這些霸凌現場的照片，我倒要聽聽怎麼辯解，這種事情越快處理越好。」

馬冬憐不容許任何推托，谷班導聽了直皺眉頭，不過也想不出理由反對。

當日四點放學後，訓導主任和馬冬憐老師、葉夏生的班導谷老師坐在辦公室，嚴正以待等候學生到來。

「馬老師，等一下請不要咄咄逼人，畢竟我們還不了解真相。」

「主任，就看到的場面已經超過玩鬧等級，如果當時我不在的話，無法想像那名男學生的尊嚴會受到何等傷害。」

馬老師一步也不退的說詞令訓導主任微皺眉頭，臉上不置可否，谷班導一臉陰沉，一句話都沒說。

過不了多久，那群學生一面嬉鬧推擠，說說笑笑的走進訓導處，馬冬憐臉色沉下來，訓導主任輕輕皺眉，喝斥一聲，那群壞學生們才稍微閉嘴。

　　「你們應該知道今天為什麼會被找來訓導處吧？」

　　「不知道。」

　　那些學生聽了露齒嘻笑，互相推擠，渾然不把三位老師當一回事。

我愛我憐我獨占

4-2

文：語雨

救救我

「馬老師看見你們霸凌同學。」訓導主任瞪眼說。

「我們才沒有這麼做,只是在玩。」

「馬老師說得太嚴重了。」

「已經夠了,既然連反省的意思都沒有,那麼就叫你們父母過來吧。」

馬冬憐臉色越來越是嚴厲,終於忍不住開口了,這時壞學生臉色才一變,紛紛高聲說:「等一下,我們又沒有做什麼事。」「我們什麼壞事都沒做,可以叫那人來對質。」「叫那娘娘腔過來就知道了,只是玩遊戲而已。」

見這群壞學生講話有恃無恐,馬冬憐秀眉一動,腦海登時浮現某個念頭,霍然站起,厲聲道:「你們又對那孩子做些什麼了!」

「我......我們什麼都沒做......」

見他們表情有些心虛，馬冬憐臉色越來越難看，怒斥：「葉同學現在在哪裡？如果你們不交待的話，我立刻叫警察來處理。」

見馬冬憐神色嚴峻，真的拿起手機了，那群學生們才吞吞吐吐的交待。

「訓導主任，這些學生交給你了。」

拋下一句話，馬冬憐推開訓導處門扉，往校舍後掃具倉庫走去，一到門口將堵住門的長棍取下來，開門就見到被關在裡面的葉夏生。

見葉夏生臉部紅腫，衣衫不整，還被淋成落湯雞，馬冬憐臉上彷彿被打了一記巴掌，沉聲說：「葉同學你受傷了，傷在哪裡？對不起，是我們思慮不周。」說著她強忍著心中的懊悔和怒火，朝著葉夏生伸手，下一刻，伸出來的手卻被拍掉了。

「葉同學？」

「請不要管我，我不需要老師的幫助。」

　　說完葉夏生背著馬冬憐走出掃具倉庫，當他一出門就見到谷班導站在門前水泥地，他伸手搭住肩膀，葉夏生身體一僵，臉色又化成鐵青。

　　「這下子已經成為傷害事件，馬老師以權威壓迫學生，只會讓葉同學的處境更加艱難……」

　　「那麼谷老師的意思是要我冷眼旁觀嗎？」

　　見葉夏生揮開自己的手，卻沒有抗拒谷班導，馬冬憐胸口一陣莫名的疼痛，不過當聽見對方的話，忍不住出言反駁，仍然覺得這件事自己的處理方式沒錯，只是沒料到壞學生竟愚蠢到以為只要把人關起來就沒有人證了。

　　「算了，現在先送葉夏生到醫護室，要確認身上有沒有傷口。」

　　僵持一會兒，馬冬憐放棄針鋒相對，向葉夏生伸手，谷老師卻伸手隔開，緩緩的說：「由我來處理，老師身為女性，總不好來檢查男生身體。」

　　「我、我不要……讓我一個人就好……我可以一個人去……」

　　葉夏生微微掙扎，聲音透出恐懼，馬冬憐頓時從心中升起奇怪的感受，隨即搖搖頭，正想要說些什麼時，卻見谷班導在他耳邊輕聲說道：「沒問題的，老師會保護你。」

　　葉夏生聽了一陣顫抖，臉色化為慘白，馬冬憐內心的異樣感越來越深，看向攬住葉夏生纖細腰肢的手臂，接著她看見谷班導瞳孔燃著炙熱的欲望，頓時內心警鐘大響。

　　「谷老師，這是怎麼一回事？」

　　「什麼？妳在問什麼？」

　　「我是在問，你對這孩子做了什麼！」

　　馬冬憐臉現厲色，嚴峻的問了，那一瞬間，葉夏生水汪汪的大眼滲出淚水，淌過了臉頰，谷班導臉色不禁變了。

　　「莫名其妙，我、我不知道妳在說什麼？」

　　聽出谷班導語氣內的心虛，馬冬憐臉上閃過不敢置信、恐懼和鄙視等神色，當下一伸手將葉夏生搶過

來，瞪著谷班導沉聲說：「之後，我會向你問清楚，現在葉同學的事情比較重要。」

說完，留下谷班導在原地，馬冬憐帶著葉夏生到學校保健室去。

「從什麼時候開始的？」

在學校保健室確認葉夏生沒大礙後，馬冬憐用著嚴肅又不失溫和的語氣開口問了，然而，葉夏生面帶恐懼，只是搖搖頭不開口。

「葉同學......有些事情不講明白，別人就無法伸出援手。」

「老師......不行......幫不了我的。」

葉夏生長長睫毛顫動，聲音細不可聞，馬冬憐聽了並不生氣，只是柔聲說：「那麼誰可以，老師可以幫你找到那個人。」

「我......沒有......」

「是家人嗎？要老師跟你媽媽講嗎？」

「我沒媽媽。」

「那麼爸爸呢？」

　　葉夏生聽了臉色大變，急急的說：「不能讓爸爸知道⋯⋯拜託老師⋯⋯」

　　見葉夏生急得快要哭出來了，馬冬憐胸口一陣痛楚，肩膀微微一動，又止住動作了，說：「知道了，老師不會說，但是如果你不出面，那些人就會以為這沒什麼大不了，你就會一直被欺負下去，被谷老師騷、騷擾。」

　　葉夏生低著頭，臉色由青轉白，咬著薄唇沒說話，馬冬憐直視他的眼，溫聲說：「老師會站在你這邊，只是你也要鼓起勇氣才可以，好嗎？」

　　面對老師誠懇的語氣，葉夏生沉默了良久，終於顫聲說：「老師，救救我⋯⋯」

　　「老師來幫你。」馬冬憐用力點頭。

．．

不知羞恥

馬冬憐說行動就行動，當晚馬上聯絡訓導主任和校長等學校主要幹員，校方在翌日馬上召開學務會議，尊重葉夏生的意願，教務會議以最少的人數參與，除了谷班導和訓導主任，就只有校長和教務主任。

「校長，主任，各位老師好，想必大家在會議前或多或少都知道了，不過請容我複述一遍，昨天我得知一起令人震驚、遺憾的事。」

馬冬憐目光如炬，掃向谷班導，沉聲說：「本校學校葉姓學生長期受到霸凌，而該班導不但漠視霸凌，還對葉姓學生進行性方面的騷擾！」

在場教師的確在事前知道部份事實，但是聽馬冬憐直接說出來，還是眉頭緊皺，掃向谷班導的目光都帶有一絲震驚。

馬冬憐停頓一會兒，讓在場老師消化事實，緊接著又義憤填膺說起從葉夏生聽來谷班導的惡行，校長和主任們聽得臉一陣青一陣白。

「馬老師的報告結束了，谷老師你對馬老師的指控有任何辯解嗎？」

「辯解？根本不需要辯解，這根本是馬老師對我的不實指控。」

谷班導面無表情，說道：「馬老師捏造子虛烏有的事，我才是莫名其妙，這簡直是毀我清白，明明沒有證據還胡說八道，休想我會罷休。」

「證據，你敢提起想必確信沒留下證據吧，除非有體液之類沾在衣服上，否則一般來說不會留下證據的，你就是看準這點才敢這麼強硬說話吧？否則葉同學也不會這麼苦惱，你知道昨天那孩子是怎麼聲淚俱下的對我訴苦嗎？」

「既……既然妳說得這麼確鑿，那麼就請那孩子跟我對質——」

「愚蠢！讓騷擾者跟被害者對質？簡直沒有常識，葉夏生只是十五歲的孩子，個性內向也不怎麼堅強，面對加害者的質問，對方還是老師，你想那孩子可以堂堂的對質嗎？還是說你明知道這點，還想要當面恐嚇他？」

　　打斷對方的話，馬冬憐臉上如罩寒霜，谷班導臉色鐵青，顫聲說：「馬老師妳越說越過份，我也是有脾氣的，妳應該知道到時如果沒有這麼回事，妳在學校的下場會怎麼樣吧？」

　　「哼，不知羞恥......身為教師不但對要保護的學生出手，被揭穿了竟然還想威脅同事，你身為教師......不，身為人的良心到哪去了？」

　　「妳......妳......」

　　這時校長向訓導主任使了眼色，主任咳嗽幾聲，開口說：「好了，我們已經知道馬老師和谷老師的主張了，為了驗證事實，我們會從多方面調查......馬老師，放心吧，我們以不會造成葉同學二次傷害為前提來行動。」

　　見馬冬憐面有難色，訓導主任多加了一句，接著說道：「接下來需要討論那幾位對同班同學霸凌的學生，那些學生所作所為明顯不是第一次了，這次把同學關到倉庫還毆打對方才曝光，谷老師身為班導難辭其咎，馬老師還有提供驗傷單，整起事件有充足的物證和人證......」

　　校長和兩名主任很快就決定處置，會議結束的當天就在公告上公佈，那些霸凌葉夏生的學生各記一大過，先停學兩個禮拜，並請家長們都來學校開家長會議，決定該學生們之後的處置。

　　雖然整起事件處置不符合馬冬憐所想，不過總算為被害者踏出一大步，馬冬憐嘴角微微揚起，加快腳步為葉夏生報告好消息。

　　此時的馬冬憐並不知道，事態沒有因此轉向平坦大道，從現在開始，沿途中荊棘會刺得他倆遍體鱗傷，漸漸浸染到半身腰，直到滅頂為止。

‥

費解

　　「這是怎麼一回事！為什麼谷老師還可以來學校上課？」

　　「冷靜一點，谷老師離開班導職位了，也鄭重警告如果今後再犯就要開除，放心，他已經不能再接近葉同學——」

　　「訓導主任以為這間學校有多大？葉同學今後還是會在走廊教室遇見谷老師，就算谷老師什麼話都沒說，光是目光就會帶來傷害。」

我愛我憐我獨占

4-3

文：語雨

事與願違

　　很快就過了兩個星期，馬冬憐老師期間非常忙碌，除了本來的工作，還包括向行政單位彈劾谷班導的教師資格，及加入霸凌事件的家長會談。

　　即使拿出物證和人證，那群家長仍不願意相信自己小孩是霸凌者，反而指責老師未盡責任，要校方撤回懲罰，為此還開了三次面談會議。

　　屢次要面對刁蠻家長，以及沒讓學生對犯下的罪行有所自覺，只留下懲罰結果，馬冬憐身心俱疲，今天由訓導主任傳達的消息，讓她受到更重的打擊了。

　　「跟學生狀況不同，谷老師的犯行並沒有當場被撞見，只有聽單方面的說詞，校方難以理直氣壯給谷老師懲戒——」

　　「都說了這種事情怎麼會有證據……難道葉同學今後在學校都要躲躲閃閃嗎？以後家長要怎麼放心將孩子交給校方看管？」

　　見對方神色好像在面對無理取鬧的孩子，馬冬憐不禁心生怒火，秀眉高高豎起，只聽訓導主任繼續說：「谷老師所作所為都被同事知道了，今後一舉一動大

概都會被看在眼裡，相信谷老師在這段時期也不會輕易妄動。」

「但是......」

打斷馬冬憐的話，訓導主任耐著性子繼續解釋：「前些時候，因為那些家長，學校在不好的方面登報了，校長意思是不能再傷害校譽，我們好歹是在學校工作，為了全體同事，請馬老師忍耐下去。」

「所以校方決定掩蓋這件事嗎？」

「馬老師......」

「我已經知道你們的態度了。」

訓導主任還要再說，馬冬憐頭一甩，快步離開訓導處。

一出訓導處，馬冬憐登時杏目圓睜，腳步停下來了，瞪視從走廊對面的男人，那男人也發現了她，臉色登時變了。

「馬老師......我被調離班導師職位，年終考績降到最低，以後在學校都要承受同事們的異樣目光，請問這樣妳滿意了嗎？」

　　「當然不滿意了，我反而驚訝谷老師竟然不主動向學校遞上辭呈，臉皮厚度讓我瞠目結舌。」

　　谷老師聽了目光充滿恨意，磨牙聲嗤嗤作響，只是周圍還有師生，瞪視馬冬憐一會兒，一語不發的走向行政大樓方向。

　　馬冬憐根本不想理會，登上二樓，走向輔導室，一打開門，輔導老師神色防備，一見到來者就鬆了一口氣。

　　「馬老師，早安。」

　　「早安，葉同學今天狀況怎麼樣了？」

　　「情緒很安定，也沒見到有人來擾亂，沒什麼太大問題。」

　　「那就好。」馬冬憐聽了點點頭。

　　從召開學務會議那天，校方決定讓葉夏生在輔導室上課，用考試和勞動來修學分，而馬冬憐每天都到輔導室報到，已經跟輔導老師混熟了。

　　招呼幾句，馬冬憐往隔間走去，只見隔間門扉已經不見了，校方知道有人用輔導室做壞事，立刻就下令拆除了。

　　其中隔間坐了熟悉的背影，那背影感覺到身後有動靜，一轉頭看見來人，那張漂亮臉蛋登時出現微笑，馬冬憐也跟著笑了，不過想到等下要說的話，笑容上出現一絲陰影。

　　「怎麼了，老師？」

　　「對不起，未能把壞老師趕出學校，老師要跟你道歉。」

　　「怎麼會，老師已經做得很多了。」

　　葉夏生輕輕的搖頭了，那雙眼眸靜謐的直視馬冬憐，馬冬憐心跳又開始加速了。

　　「那一天，老師注意到我的求救，救我離開後又說要幫我，老師不知道我那時有多麼的高興，我對老師只有感謝而已。」

　　「可是......谷老師還在學校。」

　　「谷老師自尊心很高，而且很狡猾，為了保護自己，他不會再來找我麻煩，老師不用擔心......」

　　見葉夏生惹人憐愛的微笑，馬冬憐忍不住臉紅了，心中也升起強烈的保護慾。

　　倆人說幾句後，馬冬憐走出隔間，輔導老師站起來開口問：「馬老師......」

　　「嗯，我知道你要問什麼，那男人沒被趕走。」

　　輔導老師聽了臉色一暗，沒察覺輔導室發生的事，她一直很自責，馬冬憐現在知道講什麼都是徒然，只是拍拍她肩膀。

　　「那麼接下來......喂，不要在走廊奔跑。」

　　走出輔導室，馬冬憐後背被撞了一下，幾名女學生快步走過前廊，聽了她的喝斥，原地轉過身子，目光飽含敵意。

　　「吵死了，勾引男學生的老太婆......」

　　「妳......妳說什麼？」

　　「為了將葉同學關在輔導室為所欲為，不但排擠谷老師，還害萬春娛、棗秋啟他們退學和停學，不要臉也有個限度......」

　　「妳......到底在說什麼？」

　　馬冬憐杏目圓睜，比起怒火，更是震驚到說不出話來。

「我們全知道喔，有老師在輔導室隔間對學生做壞事，那就是馬老師吧，利用老師地位向葉同學壓迫，太可惡了。」

「是谷老師說的嗎？」

馬冬憐臉如罩寒霜，女同學們畏縮一下，隨即擺出強硬態度開口：「就算不說也知道，谷老師是好老師，校方理由也不給就莫名遭到懲戒，一定是谷老師為了保護葉同學妨礙到妳。」

為了保護葉夏生的自尊，谷老師所作所為並沒有公佈給學生，不過世上沒不透風的牆，消息終究以訛傳訛地傳入學生耳朵，還被扭曲成與事實完全相反。

「我不知道妳們從哪邊聽來的，那些只是謠言，谷老師受懲戒的理由不公開是校方決定，而且葉夏生已經不會在輔導室受到欺負了。」

馬冬憐無法說明全部真相，理所當然無法取信學生，學生以鄙夷目光一掃，哼的一聲，轉頭就跑，她只能眼睜睜看著學生背影離去。

怔怔的站在原地良久，馬冬憐忽然感受到視線，目光一轉，在走廊、在中庭、在樓梯口，那些學生目光一道道刺在身上，臉上面無表情，嘴角似笑非笑。

「賤人！」

低喊聲在走廊響起，馬冬憐猛然轉頭卻找不出犯人，只得抱著手中文件，如做賊心虛般快步離開。

「沒關係，起碼葉同學還能得到救贖......」

馬冬憐堅定在心中想著。

．．

同病相憐

一個星期後。

一天結束了，隨著放學後鐘響，馬冬憐走出校門，嘩啦一聲，一桶髒水就這樣潑過來，猝不及防之下，當場潑得全身都是。

「教訓教訓妳，竟然害得我兒子被記過退學。」

站在馬路旁是一名胖胖的婦人，拿著水桶就是丈夫，倆人都是一臉怒容。

「你們……你們是棗秋啟的家長？竟、竟然做出這種事……你們孩子是因為霸凌同學……才遭到退學……」

馬冬憐聞到一股惡臭，全身黏躂躂感到不適，感覺幾欲作噁，好不容易才說幾句話，那倆名家長怒目圓睜，大聲道：

「我孩子根本不會做壞事，而且我們聽一位老師說了，妳身為老師竟對學生出手，我孩子就是惹到那賤人，所以才會被退學吧？」

「這根本……是謠言……噁……學校不可能……憑著一名老師獨斷……就將數名學生退學……誰……誰去找人過來……」

　　馬冬憐縱然正義感強烈，對於暴行還是會感到懦怯，就當要找人求助時，卻看圍觀的學生冷眼旁觀。

　　「壞老師人緣不好也是當然的，老公，再給她一桶......」

　　最後還是靠校門保全趕開倆人，馬冬憐才得救，見好戲結束，學生們便散開，離去時眼神充滿嘲笑和幸災樂禍。

　　渾身都是污水，散發著惡臭，馬冬憐看起來慘不忍賭，她低著頭喃喃的說著：「這......這都是為了葉同學......只要葉同學好就行了。」

　　然而，就在這時，學校圍牆內傳來悶叫聲，馬冬憐聽了心頭一跳，如同遊魂般走回學校停車場後方的樹叢，那是校園隱蔽處。

　　「你這傢伙怎麼還有臉來上學！」

　　「不要以為有靠山就囂張，那老師也做不久了！」

　　有三名學生包圍起來，用腳踢踹躺在地上的另一名學生，當看清楚倒地學生的臉時，馬冬憐發出尖哮聲，用力推開霸凌者。

「是誰！馬老師......怎麼這麼臭？老師這樣子就跟內心一樣骯髒，哈哈。」霸凌者發出刺耳的嘲笑聲，馬老師怒斥：「你們知道自己在做什麼嗎！」

「蛤？我們可是正義使者，春娛學姐和谷老師都是因為這傢伙受罪，學姐只不過向這小子告白，為什麼非得退學不可？」

「谷老師說這傢伙以為討好馬老師就可以為所欲為，所以我們絕對不能放過，要見他一次就打一次，打到他也退學為止。」

「你們......」

面對學生激進的言論，馬老師摀著臉退後幾步。

謠言被那男人從中利用了，會傳進家長耳朵也是他搞鬼......那男人要惡劣到什麼地步？

「你們名字我都記住了，明天......會在校務......議上提出，做好心裡準備，現在你們立刻回家。」

他們聽了在地上吐了口水，大搖大擺的離開了，當馬冬憐緩緩走近還躺在地上的葉夏生時，終於忍不住在地面跪下。

午後咖啡

我愛我憐我獨占

4-4

文：語雨

玷污的靈魂

「是老師嗎？」

伏在地上的葉夏生面朝下，看不見表情，唯有當中嘶啞的聲音帶給馬冬憐陣陣心痛。

「是，是老師。」

「老師......我是不是不應該過安穩的生活？」

「不是的。」

「我是不是必須躲在房間內，不應該奢望在太陽底下走？」

「不是的。」

「我......我是不是不該活下去......」

「不是的！是老師保護不了你，是老師太沒用......」

「老師......」

聽馬冬憐痛苦的喊聲，葉夏生抬頭一看，頓時眼眸瞪大，忍不住伸手向前，馬冬憐退後幾步，難堪的說：「葉同學，我現在很髒......」

「是我連累老師嗎？」

「不......不是......不是這樣，聽我說，葉同學，這不關你的事......」

「果然，只要我活著......就只會帶給別人痛苦而已......連老師都......都......我這種人，不應該活下去......嗚......」

「葉同學......你幹什麼......葉同學！」

葉夏生再度倒下了，泥土被染成暗紅色，驚嚇的馬冬憐用力抓住他的手，手中有佔滿血的陶瓷碎片，竟是用那破片劃過脖子。

「不要——！老師不准你死！哇啊啊！快來人！」

慌忙的按住葉夏生傷口，馬冬憐聲嘶力竭的呼喊，很快就驚動了其他人，在五分鐘後救護車開進校園，載走了葉夏生。

　　留在校園的馬冬憐被污水弄髒，不只全身散發著惡臭，胸前還一大片血跡，看起來非常嚇人，不論旁人向她問什麼都充耳不聞，等到救護鈴聲遠去，才見她邁動步伐走出校門口。

　　不可原諒！怎麼可以原諒……不論是那個男人，還是姑息他的校方，自以為正義的傲慢暴徒，全是逼死那孩子的元兇。

　　馬冬憐沿著公車站牌路線,走了好幾十里路回家,一路上那群令她深惡痛絕的人們在眼前不斷晃過，即使知道葉夏生自殺未遂，他們大概也只會肆意大聲嘲笑吧。

　　這可以饒恕嗎？

　　絕對不可以！

　　絕對饒不了！

　　一個人都不可以放過！

　　等到回家時，寄宿在馬冬憐心中的黑暗已經玷污靈魂了。

　　‧‧

殺機

「哇哈哈哈，乾杯啦，那臭女人活該，最好以後都不要來學校，不枉我在學生面前裝可憐！」

「嘻嘻，你一定會不得好死的，虧你還是老師。」

「感謝，感謝！要是那個小男生死掉就完美了，雖然可惜，不過反正現在他也不能從醫院跳出來告我！」

市區的酒店熱鬧非凡，谷老師跟豬朋狗友黃湯一杯接著一杯下肚，說起話來肆無忌憚，一點罪惡感都沒有。

酒宴過後已過午夜，谷老師喝得醉醺醺，一個人搖搖晃晃走向歸程時，引擎聲響起，跟著刺眼的燈光照來，碰地一聲，谷老師被一輛轎車給撞倒，一條腿壓在車輪下，發出了刺耳的慘叫聲。

車門一開啟，苗條美腿輕移，那女性闊步下車，冷漠盯著谷老師。

「馬……冬憐……」

　　數日後，在學校廢棄宿舍內，學生們拿著通知信函，一面聊天，聚集在一樓會客大廳。

　　「春娛學姐，你也被叫過來嗎？」

　　「棗秋啟，聽說你老媽跑到學校，還拿水桶潑老師。」

　　就在他們聊天時，瀰漫在大氣中的瓦斯，逐漸灌滿封閉的大廳。

　　‧‧

燦爛的笑容

在兩個禮拜前，葉夏生因為頸部撕裂傷被送進醫院，在經過輸血和縫合手術後，復原情況良好，很快就轉到普通病房，雖然幸運得救，但是葉夏生終日不言不語也不進食，只是看著窗外，虛弱到只能依靠注射點滴存活。

今天葉夏生還是看著窗外景色度過一天，熄燈時間一到，他盯著病房角落的黑暗處，開口說：「是馬老師嗎？」

黑暗中傳出輕笑聲，一名苗條女性走出來，低笑道：「虧你知道，我本來打算嚇你一跳。」

「不吃飯很久了，最近感覺都變敏銳了。」

聽了回答，馬冬憐秀眉輕蹙，走近葉夏生，捧著臉蛋端詳。

「為什麼才兩個禮拜就變得這麼瘦？你說不吃飯是什麼緣故？」

「我只是……不想吃飯，也不想說話，住院後我……我好像都沒說話過，是今天老師來了，太高興了，所以才開口的。」

「葉同學嘴巴怎麼變得這麼甜……對不起，早知道你這麼高興的話，老師應該早一點過來看你，不過老師必須先處理一些事情。」

馬冬憐輕笑著，捏了對方粉嫩臉頰，葉夏生低頭害羞的笑了。

「老師好像變了……變得沒有距離感，彷彿從束縛中解放出來。」

「嗯？啊……長久以來，我認為走在正確道路上就可以不怕任何攻擊，但是我還是錯了，因為邪惡有得是手段把你拖下去，如果要保護重要的東西，一開始就不應該走在正道上。」

「老師……」

葉夏生神色有些困惑，馬冬憐一笑，低聲說：「難得來看望葉同學，這麼憂鬱的話題還是免了，我們出去逛逛吧。」

「已經是熄燈時間了。」

「會遵守規矩的人都是傻瓜。」

不知從哪裡借來輪椅，把不知所措的葉夏生壓在椅子上，兩人躲開護理師的視線走出醫院。

此時是午夜，道路人車均少，馬冬憐開著車走在交道上，不一會兒，就來到郊外，郊區內毫無人煙，轎車停到空地某處。

「老師，這裡是哪裡？」

「其實我跟人販簽約了，今天是來拐葉同學來賣的，你怕不怕？」

「我、我才不怕，因為老師不會傷害我，啊～～～」

見葉夏生扭捏的模樣，馬冬憐忍不住抱了上去，用臉摩擦葉夏生的臉龐。

「都是葉同學的錯，講這麼可愛的話。」

「老師......你真的變了，以前也很好，但總有距離感......」

「不喜歡嗎？」

「那個……沒有……」

葉夏生那白皙的臉龐變得更紅了，想要否認卻細聲無語了，馬冬憐愛憐的看著他一會兒後，推著輪椅走向羊腸小路。

「變得這麼輕，住院期間你就這樣連飯也不吃，你要好好照顧身體，不然會讓人擔心，當你拿碎片割脖子，我嚇得魂都沒有了。」

「對不起，老師，但是我活著也只會傷害別人而已……」

「所以你就選擇死亡嗎？你錯了，你的死會傷害我更深，而且這傷害是一輩子的。」

「對不起，我……傷害老師了。」

「很乖，誠實道歉了，記住，傷害自己會讓愛你的人傷心。」

「老、老師喜歡我嗎？」

「很愛很愛……所以不能原諒傷害你的人……」

忽然之間，彷彿只有馬冬憐周圍的空氣下降幾度。

「沒錯，那些人傷害你、抹黑你，甚至逼得葉同學拿瓦片割脖子，你覺得那種人能夠原諒嗎？」

只聽馬冬憐的聲音越來越冰冷，葉夏生不禁打了寒顫，推著輪椅走到羊腸小徑的盡頭，一棟破爛的水泥廢墟出現在眼前。

「不能原諒吧，我心想著，如果會傷害你的事物全消失不見就好了，這樣是不是能夠保護葉同學了呢？」

打開了半掩的門，葉夏生被帶了進去，門後首當其衝是一股惡臭撲鼻，黑暗中還有奇怪的呻吟聲，他的心跳開始加速，額角冒出冷汗。

「這裡沒有牽線，我只好弄了個發電機過來，來，開燈嘍。」

刺眼的室內燈一下子亮起，葉夏生眼前出現了令人背脊發寒的可怕光景，他雙眼圓睜，當場震驚得動彈不得。

「把他們吊起來很費力呢，不過老師假日可是有在鍛鍊的，總算是沒有延誤到日期，他們大概還能撐個好多天。」

　　馬冬憐臉上出現燦爛的笑容，說到鍛鍊時還擺出大力士的姿勢，在如此可愛的模樣身後卻立滿了人，那些人全被蒙著面，站在椅子上發抖，而他們的脖子懸掛在繩子上，也就是說那些人只要一失足就會被吊死。

　　「你看，他是谷老師，他的腳被我輾斷，我還好心找來跟木板固定，人只要有毅力，斷腿也可以連站好幾天。」

　　馬冬憐碰了其中一名蒙面男子的腿，只見他疼得劇烈晃動，發出模糊的痛苦悶聲，看樣子在頭套內的嘴巴也被塞起來了。

　　「這八個是欺負你的同學，尤其是這賤人，還要脫你褲子，當天這麼大膽，結果吊了好半天連站都站不好，還失禁好多次。這是訓導主任和教務主任，他們只會說些維護校譽的廢話，漠視葉同學的痛苦。這是校長，面對老師和學生的作惡，完全沒有作為......」

　　繞著室內一圈，馬冬憐一面介紹所有蒙面師生的名字，這異常的光景令葉夏生口乾舌燥，啞聲說：「老......老師......」

　　「真可憐，現在還被他們嚇得發抖，不用怕喔，這些傷害你的人全被我綁起來了。」

　　馬冬憐見狀，溫柔的抱了葉夏生，接著葉夏生手上多了把硬物，低頭一看，是一把小刀。

　　「葉同學，你也很恨他們吧，憎恨傷害我們的人，我知道葉同學很善良‧寧願傷害自己也不願傷害別人，不過這是不對的......」

　　馬冬憐露出燦爛的笑容，拉著葉夏生的手來到其中一名蒙面人的面前。

　　「只要過了這一關，就沒人可以傷害你了，來，把小刀往腿上輕輕一戳就可以解除谷老師的痛苦了，這樣葉同學也可以解開內心的束縛。」

　　不用害怕，從今以後，老師就會一直保護你，一直一直保護你喔......

國家圖書館出版品預行編目資料

午後咖啡 / 六色羽、葉櫻、語雨　合著-初版-
臺中市：天空數位圖書　2022.02
面：14.8*21 公分
ISBN：978-986-5575-82-3（平裝）

863.55　　　　　　　　　　　　111002570

書　　　名：午後咖啡
發　行　人：蔡輝振
出　版　者：天空數位圖書有限公司
作　　　者：六色羽、葉櫻、語雨
編輯公司：品焞有限公司
主　　　編：瑪加烈
製作公司：明揚有限公司
美工設計：設計組
版面編輯：採編組
出版日期：2022 年 2 月（初版）
銀行名稱：合作金庫銀行南台中分行
銀行帳戶：天空數位圖書有限公司
銀行帳號：006-1070717811498
郵政帳戶：天空數位圖書有限公司
劃撥帳號：22670142
定　　　價：新台幣 300 元整
電子書發明專利第 Ｉ 306564 號

紙本書編輯印刷：
電子書編輯製作：
天空數位圖書公司　E-mail：familysky@familysky.com.tw　http://www.familysky.com.tw/
地址：40255台中市南區忠明南路787號30F國王大樓　Tel：04-22623893　Fax：04-22623863